阿乙流浪記

——盛約翰中篇小說選

盛約翰 著

自序

大家知道在《國際歌》的唱詞中寫道：這是最後的鬥爭，團結起來到明天，英特納雄耐爾就一定會實現。在近代歷史中，人類為了實現這個烏托邦的社會已經付出了太多的慘痛代價，小說《阿乙流浪記》所折射的種種滑稽和苦難，社會的亂象，便是「英特納雄耐尔」的後遺症。今天的中國社會，凡有良知有感覺的人，都會覺得非常失望乃至絕望，但是整個輿論把當今的社會說成是「太平盛世」。本書中的另一篇〈赤色童年〉也許使人聯想到那個社會給許多人帶來的不幸與荒謬，總之，歷史的教訓是沉痛的，可惜那種社會病症的併發症還在延續。另外兩篇〈異國的戀情〉和〈悉尼的彩虹〉反映的是個人情感旅程的眷戀和被撕裂的疼痛，以及對生存的沉思。最後感謝秀威出版社為出版此書所做的努力！

目次

異國的戀情

順自殺了，她來自首爾，在悉尼居住了大約六年的時間，現年二十九歲。昨天我才聽娜說的，她們是多年的好友。幾年前我就認識了順，那時她剛剛搬進來和娜一起住。我和順有過一段私情，這是我和她的祕密。這樣的噩耗，實在叫人震驚與悲傷。「嗨，她也許真的可以解脫了。」我在心裡暗自歎道。在我手裡，還保留著一張她畫的素描，內容是一個英俊的少年，扭頭離開他身後的少女，而那少女無助地站在他的背後哭泣。這本是一張普通的素描，可令我深深感觸的是那少女的眼淚，像兩股泉水，由寬變窄，呈倒三角形急流而下，這和她平時口口聲聲說不想結婚只想獨身的說話顯然和她內心深處的心境不太一致，而且這眼淚還是著著紅色，這也許是心裡的滴血通過眼睛流出來吧。因為喜歡這張畫，當時就向她要了下來。她還答應為我畫一幅肖像。「畫我們倆個人的吧。」我說道。她笑著點點頭。「要是讓娜看見了，可就死定了。」我又補充說道。如今，這些都成了往事，只有我和她那段短暫的交往，卻深深地銘記在我的心中……

事情還要追溯到兩年前，記得有天下午，娜突然打電話告訴我，她已經被移民局的人抓獲了，並被關進了拘留中心。這突如其來的消息，令我感到當頭一棒，在家裡待得好好的，怎麼就會發生這樣的事情。在電話裡她只是匆匆地向我解釋道，因為警察局的人要找她同住的一個朋友，她才被連累進去的。發生了這樣的事，我當然無心再工作，匆匆地趕回了家，便又按照她給我的地址去找。因為沒有具體號數，又沒有什麼明顯的標識，費了一陣周折，才找到了拘留中心。停車後大約又走了幾十米，便見到了高高的鐵絲網圍牆，隨後又找到了入口處。先是排隊領登記表，交表後又在手腕上繫上一個標識帶，取了一把鑰匙，把身上所有的東西放好鎖上，然後再通過安檢，又經過了兩道門，最後才進入內部。看管人員看了標識帶，打開了最後一道鐵門，這樣才能進入裡邊的等候處。在等候處的室內外，聚集著各種不同國籍的人，雖然以前也曾探過監，可這次卻是在這裡等娜，這是我萬萬沒有想到的。過了十分鐘的樣子，娜終於出現了，她好像剛剛睡醒的樣子，一見面坐下後，她就鬧著要離開這個地方，我只能好言相勸，並答應她馬上想辦法保她出去。按理她是不會被抓的，我和她同居了近二年，前不久又拿了結婚證書，她是可以等待申請移民的，只是她沒有把所有的表格和材料交齊，一拖再拖，最後竟意外地出了這樣的事，被視作非法滯留而遭拘留。

晚上就收到波的資訊，說是有空去她那兒取回娜的護照。就是因為波的緣故，才使員警找上門來。我答應她第二天晚上再過去見她。以前每次去娜那裡，波不是在自己的房裡睡覺，就是外出有事，偶爾也跟我們一起出去吃過飯。她和娜年歲相近，不過，娜和波的關係並不是很好，雖然住在一起，有時也會因吵架而彼此不說話。因為第二天下班比較遲，又要去看娜，所以我告訴波改天再去取東西，可她催得很急，我只能告訴她遲點再過去，心想，有什麼事這麼急，又是晚上，孤男寡女的在一起，說不定就會鬧出什麼事來。嗨，自己是怎麼了，怎麼會冒出這樣的念頭。

見到娜時，發現她的情緒更加不安，她只是吵著要出去。「你就把這裡當作賓館吧，吃吃睡睡，又有什麼不好？反正你平時也是這麼過的。」「那不一樣，沒事做，只能睡覺，醒了又睡，像豬一樣。」「看這裡這麼多人，人家有說有笑，看起來很不錯。」「這裡就我一個韓國人，同室的一個會說韓語的中國女人，來自延邊，她竟然在這裡待了半年多了。」「也許你也會，誰知道呢？」「不行，不行，待太久我要先回韓國，可是，我真的不願意回去，我只想留在悉尼……」「昨天波發資訊給我，讓我晚上去取你的護照，還有順，她說為你找了一個移民代理說是兩三天就能讓你出去……」「但願如此，我實在在這裡待不下去了。」順此前和娜同住，兩房一廳她們各居一室，可娜總是喜歡睡在客廳裡，和電視機待在一起。後來，波也住了進來，又不時地有人來來往往，弄得家裡又吵又亂，順也許受不了了，就搬出去獨居了。

晚上趕到波住的地方，以為她會在家裡等我，到門口打電話通知她，她讓我等著馬上就趕回來。等了大約五分鐘的樣子，我忽然先見到了順，波也緊隨其後。停好了車，我便和她們倆一起進去。家裡很亂，就連客廳裡的沙發上也堆滿了衣服。「好久沒有回到這裡了。」順說著，挪動了一下沙發上的衣物，讓我有地方坐下。我也是好久沒有見到順了，她好像瘦了一些，不過波和順在一起，一個顯得蒼老，一個卻顯得年輕，並充滿著一種活力和親和力。我們坐下後一起討論起「營救」方案。不一會又來了一個人，據說她從移民代理那兒過來，按她的意思馬上讓我填表格並交納費用。我有些遲疑，那些機構，只會收錢卻辦不了什麼事。當我提出來要先考慮一下時，順顯得有點吃驚，好像覺得我「見死不救」。「很多事，不只是說的那麼簡單，我要回去想一想，全衡一下，再作決定。」其實我辦事還是很衝動的，我之所以要表現出冷靜，也許是在她們面前擺出一種多智、成熟的姿態吧。「別人兩三天就出來了。」順向我補充道。「我不是捨不得花錢，我是擔心白花錢。」其間，順和波不停地用韓語交流，我只能看著她們交流時的臉部表情，說實話，以前單獨看波，覺得她長相還算不錯，可和順在一起，她真的有點相形見拙。無論從外表上還是從姿態上，順透露出一種女人迷人的風采。當然，她比波要年輕。我第一次見到順的時候是我和娜認識沒多久，她們一起搬進了我的出租屋，她們從一套擠著五、六個人的地方搬了出來。那時順的身邊還有一個韓國男友，看起來和她的年歲差不多。娜要比順年長些，看上去嬌小玲瓏，很快我就喜歡上了她。

後來每次去見娜，也時常會遇見順。每每娜開門後，就讓我直接進入她的臥室，而順也會躲進自己的房間。這樣的狀態持續了將近一年，記得有一次去見娜時，敲門後裡面沒有動靜，無意中推開了門，剛一進入，只見客廳裡睡著一個人，一看好像是順，她正扒著睡，只有兩隻腳露在外面。見狀，我本能地退了出去，我的心跳得厲害，心想如果此刻是一個陌生男人無意中闖入，該會發生什麼樣的結果真是令人難料……。有時去娜那兒，如果順有時間，我們會一起出去吃飯。有一次順還帶了一個朋友，我們一起去了一家韓國燒烤，席間，我發現順妝扮得很迷人，眼角處的黑線描了兩條勾勾，看起來性感俏皮。尤其是在她笑的時候，美麗整潔的牙齒又為她的面容增添迷人的色彩。她的鼻子也是挺挺的，很耐看。也許她的雙眸沒有娜那麼大而明亮，可是細細長長笑起來更令人著迷。時間久了，慢慢地就被順迷住了。有時進入娜的臥室，在床上等娜的時刻，不免會聯想到隔壁的順，心想，如果等一下上床的是順而不是娜，那該有多好啊！

每天下班後，便急著趕回家，然後再帶上一些食品和她需要的日常用品，再趕去拘留中心，娜的情緒總是這樣煩躁不安，弄得我有些受不了了。雖然我儘量體諒她的處境，可我還是忍不住責怪她沒有及時地提交申請表格，不然的話，也不會落到這個地步。每次會面，我們總會找一個空處坐下，手拉手，像一對剛剛認識的戀人，相依而坐。也會時常看見另一對情侶：一黑一白。那黑人小夥子不知何時起也被拘留在此地，而那白人少婦挺著大大大的肚子，似乎每天準時趕來，他們總是相擁而坐，雖然交流不多，卻情義濃濃。也有被抓進來的中國人，一幫人圍在一起邊吃邊聊，好像聚在一起開派對。大約過了一周的時間，娜的情緒開始平和了下來，移民代理那邊還是聲稱娜不久就會重獲自由。可事實上事情並不是想像的那麼順利，經過了移民官的考量，最後還是堅持要娜離境，這是一個很不好的結果，我和娜都為之垂頭喪氣。因為什麼準備也沒有，就連回家收拾行李的機會也沒有，而我們正計畫生兒育女，卻被這突如其來的事件毀掉了，就連倆個人正常的夫妻生活也被拆散了。娜需要更多的衣物和生活用品，我只能抽空去波那兒一點一點地把東西帶給娜。知道了最終的結果，娜也死心了，雖然很不情願，但也沒有別的辦法。我只能儘量寬慰她，回到自己的國家，好好地享受一個長假，又有什麼不好呢？可她堅持稱不願意回國，況且，又要和我異地分離。幾天後便得到通知，娜可以在兩周後離境，先讓她自行訂好機票。這樣，我還是每天堅持去探望她。慢慢地，和那裡的工作人員和被拘留的人員都認識了不少，每次總是帶上她想要的東西。「每天只有你來到的時候算是一天最快樂的時光。」她又歎道，「每次你離開了，算是又熬過了一天」。

當順知道娜要被遣回國之後，她很傷心，失去了唯一的閨蜜，平時她們無話不談，一起打發無聊的時光。每次娜在不順心的時候，她就會歎道：「誰都無關緊要了，我還有你和順。」她甚至和她的父母也少有聯絡，雖然她是個獨生女，可她和家裡的關係，卻保持著一種冷淡，具體的原因我也不好深究，不過在她「迫不得已」的時候，也會湊錢寄回去。離境的日子越來越近了，我不知道這一分離要等多久，這也許是我的命，和前女友異地相愛了十年，每年只有相聚數周的時間，最後還是分道揚鑣了。好不容易熬到這把年紀，總算有了一個伴侶，卻又要異地相愛。當初我暗暗告訴自己，到了這把歲數，不能再換伴侶了，因為年紀越大，越難得到真愛。可是現在，我又陷入了孤獨的飄零，不勉令人沮喪無奈。為了打點回國的行李，波和順不得不開始幫娜整理。我不知道怎麼幫別人打點行李，真是難為她們了。在她離境的前幾天，我又去幫娜取回要帶走的行李，又是順在幫她打理。當我敲門進去的時候，只見順還在忙碌，也許是天熱，她穿得很少。當我發現此時只有她一個人在屋裡時，不知為什麼，我的心開始顫慄起來。很快，她讓我在客廳的沙發上坐下，而她自己忙著整理。「太多東西了，不知道要裝什麼好。」順說道。面對順一個人，穿得那麼少，只有短褲和背心，四肢全都暴露在外面，我講話也變得語無論次。當一個女人在認真整理東西的時候，很有一種家庭主婦的感覺，我彷彿覺得這裡是我和她的家，她是家裡的女主人，而女主人的身影是多麼令人陶醉。這種感覺是從來沒有過的，彷彿是一種潛意的渴望。而和娜在一起的時候，她僅僅是個伴侶而已。我越看她心裡越是發慌，口舌也變得異常乾燥，我不得不到衛生間喝口涼水，再回到原來的地方坐下。我真擔心自己坐不住了，我唯一的渴望就是上前從她的身後抱她一下，當然我又激烈地壓制這個念頭。在渴望與壓制中，我也從心慌變得頭腦麻木。如果我這樣做了，她會是什麼反應，是驚詫還是怒呵，或是順從？畢竟，我和她相識許久，彼此多少還算有點友情。可是，如果我這樣做了，那麼友情就被徹底地破壞了，剩下的只有赤裸裸的無禮的欲念。可是，我又覺到，如果我錯失了這個機會，那麼我會一輩子在回味這段經歷的時候也許只剩下「悔恨」了。正在我激烈地猶豫之際，順突然走到了我的面前，蹲下身子背對著我，在整理放在電視機旁的什麼東西。面對她的背影，雖然此刻我還是心慌不已，可腦子裡卻一片空白。我移動身體靠近了她，又伸出雙手，輕輕地搭在了她的腰間。「幹什麼呀？」她好像是這麼說，並沒有過激的反應。我本能地把身體靠近她，從她的背後吻了一下她裸露的胳膊。「你想要做什麼？」責問時她並沒有完全轉過身來，我像一個幹了壞事的小孩，又無力地退縮了回去，並向她喃喃地說道：「你能幫幫我嗎？」「幫你，怎麼幫你？」說著，她又轉回頭去，好像繼續整理東西，又道：「你想讓我幫你上床？」語調有點挖苦。此刻，我的心情也從慌亂中平靜了下來。其實我的願望很簡單，愛慕她已久，只想借機擁抱她一下。令我沒有想到的是雖然我的無禮，並沒有讓她感到太吃驚，反而接下來的談話變得輕鬆了，不用那麼拘泥了，甚至在談話中可以滲入我對她的愛慕。雖然她只是聽之任之，我甚至在她面前數落娜的某些不是之處。從她的態度上顯示出對我的行為表示出了某種寬容。當她打點好了行李，便讓我取了行李離開。出乎我的意料，此時她仰起頭來，讓我吻了一下她的臉頰，這是一個莫大的獎賞，令我感到幸慰不已。真巧，剛一出門，娜就打電話讓我去一家韓國超市買些食品。於是，我就趕過去了。

娜就要離境了，這是我最後一次去探訪她。她似乎習慣了這裡的生活，常和我有說有笑，也結交了幾個朋友。這天，那對黑白情侶就坐在我們對面，好像女方的父母也來了，一對看上去很斯文的夫婦。亞洲人很少和黑人通婚，不過，如果一個亞洲女人嫁給一個洋丈夫，她多少會有一種優越感。當然，也有不喜歡洋人的亞洲女人，尤其是好看一點的。「終於快要離開這裡了，在這裡的每一天都是一種煎熬。」娜這樣歎道。我難以想像那些被判了幾十年有期徒刑的人，是靠什麼意志生存下去的。如果是個殺人犯，也許每天還會想到自己殺人的那一幕。探望的時間很快就要結束了，雖然我有點依依不捨，平生也最怕和戀人在機場告別，不過還好，娜的表現沒有讓我感到傷感，她只是期待著兩個月後我們在首爾相會。據說離境時會有專車押送她去機場，直到飛機起飛後，她才算重獲了自由，而不想回去的地方卻又是完全自由的。

娜離開後波再也住不下去了，很快她就收拾起自己的行李另尋住處了。面對空蕩蕩亂七八糟的房間，我真的有點束手無策。我希望順能夠再住回來，我收她很低的租金。可順不想再搬動，卻答應我有空為我把所有的東西都打理好，以便我再招新的租客。當我提出幫她一起打理時，她卻堅持不同意。她說她喜歡一個人做事，沒有人打擾，更不用化妝什麼的。大約過了一周的時間，順告訴我房間已經整理好了，娜的東西全部打了包，有空可以去她那兒取回鑰匙。當我再次見到順的時候，那是一個黃昏，我把車停到了她的樓下，約她下來。不一會兒，順就下來了。我讓她上車，她好像猶豫了一下，不過還是上了車。她做了一番精心的化妝，看起來那麼迷人、性感，令人心神不定。匆匆地交待了幾句，她就準備下車了。我想讓她再賜我一個吻別，她卻沒有答應，而是一溜煙地下車離開了。取了鑰匙，我又去了空房子。推開門便看到在客廳裡堆滿了大大小小的包裹和裝滿東西的紙盒。打理得那麼好，只要把這些東西搬走，再找人清洗一下地毯就可以出租了。我對順充滿了感激之情，也難怪她和娜是多年的閨蜜。可娜總是那麼懶散，順不僅迷人，而且幹活俐落，勤快，這讓我又增添了對她的愛意。雖然我對順有點死心，幸好她什麼也沒有和娜說。我意識到，我對順的愛慕只能是一種精神上的嚮往，一種柏拉圖式的情感，如果說，以前對順的愛意，還是隱隱的，淡淡的，那麼經歷了正面的交鋒後，我對她的情感起了變化，變成了濃濃的，甚至是難以遏止的那種。我覺得除了順，我似乎對其他的人和事都不感興趣。雖然順不是那種鄰家小妹式的女孩，也不是什麼窈窕淑女，可她更似希臘女神，和所有追求她的英雄有過交媾。在心目中有了女神的召喚，好似血液裡注入了酒精，令人感到迷醉，況且，像我這樣年紀的男人，享受愛情自然是一件幸福的事，可能夠再體驗情場失意，也是非常地美好。因為有了一種期待，哪怕是癡心妄想也會令人著迷。否則，內心只會是一片空蕩。思念她的時候，像一股汩汩不斷的溪水，沉寂卻不止……

身心疲憊的時候躺在床上，什麼事也不想做，感到百無聊賴，可心裡卻只想著順。雖然渴望卻也不覺得失落，本來就是一種奢欲。去衛生間時忽然在鏡子裡看到了自己的臉，一張漸漸老去的臉，白髮也開始瘋長，便羞愧地想摑自己一個耳光。難道真的只有像傳說中浮士德那樣，不斷地多情，不停地縱慾，才會令人感到滿足？回想起順在房間裡整理衣物的那一刻自己忘卻尊嚴的舉動，只是因為無法抵抗面對的誘惑，身體裡的血液像熔漿一般沸騰，於是，便觸摸了她。僅僅是一次輕微的觸摸，卻像是風雨中飄搖的海船靠上了岸，不再受洶湧的波濤擺佈。她既沒有反抗，也沒有順從，用平靜的涼水消退了我的慾火，卻贏得了一個親切的吻別。因為如此，卻召喚起更強烈的愛意。反之，如果她當時反應強烈，像個受到威脅的烈女，並對我大聲訓斥，那麼，我的心情一定不會像現在這種狀態，依然深情地癡迷著。

整理起以前和娜的那些照片，無意間發現照片上的她溫和、可愛。嗨，一個很不錯的女人，也是自己命中註定的女人，可是偏偏被發生的事攪得心神不寧。其實自己也該知足了，人家是一個獨生女，跟著一個老男人被糟蹋。雖然自己躊躇滿志，活了這麼一把年紀卻也還是一事無成。誠然討厭俗人俗事，最終也只落得所謂的憂憂不得志而已。鑒於自己這般德性，還能奢望什麼呢？

一天忽然收到一個短信，匆匆地瀏覽內容，說是抽水馬桶用不了了，還有淋浴的水龍頭也壞了，洗不了澡，急需修理。最後發現是順傳來的。男人本來就是天生的水管工、電工、搬運工等雜工，所以回復第二天就去幫她修理。不過我心裡還是有點疑惑，租住的房子這些問題可以找房產管理處，又為何要麻煩我，不過，順的召令猶如一塊甜心巧克力，充滿誘使。也許只是一個簡單的請求，生活中誰沒有一點雜事需要別人幫忙，尤其是修修換換這類事情。可令我老惦記著的是相會的幻想，想像著一起坐在沙發上看電視，還可以摟抱她，甚至強吻她。一整天不斷地重複著想像的場景，還有她的那雙腳也長得特別地好，有機會一定要摸一摸它。終於挨到了晚上，便通知她馬上就會過去。出發的路上，更是按奈不住胡思亂想的心情。可是，到這目的地後，當她讓我上樓時，我卻變得那麼戰戰驚驚。敲門後，一進去，我還沒有來得及正眼看她一眼，她就把我引去了衛生間。於是，我檢查了一下所有的問題，便告訴她問題不大，但需要一點時間。「能修好嗎？」「等修好了我再叫你。」於是，她走了出去。衛生間可是女人最私密的地方，況且她是獨居，任何一件物品都是她自己用的。什麼毛巾、牙刷、化妝品，待洗的內衣褲。馬桶的沖水管全部脫落了，不是水箱問題，修理的難度不大。我蹲在馬桶前，開始修理起來，倒也沒有嫌髒的感覺。修完馬桶後，又修理了淋浴的水龍頭，是把手鬆脫了，用工具擰緊即可，不費事。修好以後我清洗了一下，讓順進來看。「為什麼不讓仲介找房東來修？」她聽了先是笑笑，又道：「房租拖欠了。」接著，她又讓我在客廳裡坐下。剛沒聊上幾句，順就接了一個電話，幾秒種功夫，就掛了，又看看我，歎了口氣。「怎麼了？」「要債的，我欠了別人的錢。」「多嗎？」「你知道做壽司掙的錢很少，根本不夠開銷，我週末去夜總會陪酒，我又不擅長喝，喝多了第二天就不能上班，老闆很不高興。」說著，她點燃一支煙，又滿面愁容。「這次真的把自己給毀了。」「是不是賭錢了？」記得以前娜和她一起去賭場賭過錢。她點點頭。「輸了多少？」「好幾萬，把這幾年的積蓄都賠光了。」「我先幫你把這個月的房租付清，不過，你要答應我，不再進賭場。」「我答應你。」我和她勾了勾手，霎時，我再也抑制不住衝動，撲向她並強吻了她，急切而且貪婪，感覺柔美、醇香。我鬆開她時，她說道：「你讓我感到很害羞。」我並不在乎她說什麼，我只感到頃刻間得到了一種渴望已久的滿足感，或者說實現了一種以前只能是內心的偷偷覬覦。接著，我又答應她幫她還掉急需還的一些債務。因為又有人要來找她，於是，我便先行告辭了。臨別時，順在我的臉上吻了一下，於是，我心滿意足地離開了……

一個是丈夫，一個是閨蜜，兩個人同時背叛了她。要不是波的緣故，娜也不會被遣返，如果順現時有個男友，也輪不到我和順的糾葛，一切是陰差陽錯的結果。順的容顏算是中等偏上，可她身形高挑，衣著時尚，尤其是她的那雙美腳，淨白而且亮麗，性感十足。每每想著要擁有順的那一剎那，心中執意不惜一切代價要去品嚐與觸摸這件活生生的藝術品。雖然她的情史複雜多變，卻也擋不住自己滿足一下縱慾的願望。嗨，如果是一個女人陷入了像我這樣境地，也許她同時可以向兩個她所愛的男人攤牌，把自己的放縱推給別人，讓男人們自己去解決這個糾紛。可一個男人能這樣做嗎？向自己的女人坦白，自己同時愛上了另一個女人，恐怕會遭世人的唾棄。

娜告訴我她已經安頓好了，讓我放心。因為她習慣了獨居的生活。從小她就離開父母，寄宿在首爾的一個舞蹈學校學朝鮮民族舞蹈。不過我倒是有種隱隱的擔憂，如果她一年半載不能獲取回澳的簽證，而我和順會不停地幽會，這樣長期下去，誰也不能保證自己的情感世界會發生什麼樣的變化。如果真的有一天和順日久生情，生活就會變得更加困惑。況且，隨著時間的消逝，我很快就會變老，而那時順依然年輕，再相遇一個年齡相當的追求者，在新的激情的支配下，我也許只有被遺棄的份兒。到了那時，我的情感又何以堪？雖然有這種擔憂，但絲毫也阻止不了想和順再次相會的願望，回想起以前只能是幻想的場景，也許就此可以實現，那是一種不可抗拒的誘惑，並由一種美妙無比的感覺。

在一個同樣的黃昏時辰，車，向著目的地駛去，在同一條高速公路上行駛，去同一個地方，見的是順。以前，她只是一個房客，娜的閨蜜而已。娜才僅僅離開了十幾天，一切就這樣發生了。一想到到了那裡，出來開門的不再是自己習慣的娜的那張臉，而是變成了順，這實在是太奇妙了，將和我相歡的也不再是娜，而是這個以前隔屋聞香的順，又怎麼控制住內心的垂涎。雖然也會有種不知所措的感覺，卻在期盼中洋溢著喜悅。以前娜在家裡等我，可是她可知道，現在是順，在等她的男人，而且他是那麼地渴望。天上的雲彩，看上去像一條條染色體。一想到去了那兒，我便可以躺在順的床上，像以前等娜那樣等待順的來到，實在叫人亢奮不已。我要擁吻她，吸吮她的口液。她體形纖瘦，胸脯平平的小乳房更具少女的體徵，因此也更具誘惑力。好了，不想了，再想下去會出車禍的。收音機裡傳出了優美的唱詩曲，這是人類最聖潔的聲音。人類只有通過讚美上帝而更加接近神靈，以此來救贖自己。車很快便進入了市區，在一個十字路口的拐角處，有一家日式餐廳，我從車裡一眼就看到了那個女侍應熟悉的身影，這裡曾是我和娜經常光顧的地方。現在娜離開了，彷彿有一種時過境遷的感覺。終於到了順住的公寓樓下，我立刻通知她我到了。「再過十分鐘上來。」於是，我不得不在樓下，一分鐘一分鐘地等著。到時，我又按了門鈴。「上來吧。」她的聲線短促。上了電梯，隨後就直徑走到了門口，剛要敲門，只聽見裡面的門鎖被打開，我便又輕輕一推，門就開了。順還在衛生間忙著化妝。「你先坐一會吧，我馬上就好。」她的聲音傳了出來，我坐下後，便向四周環顧起來。客廳裡放著兩張小沙發，背後是廚房，間隔的牆下放著一堆鞋，各式各樣的，大約有二、三十雙。廚房和客廳的左邊是相連的臥室和衛生間，中間只有一門之隔。我想一個人住在這樣的環境中，不僅有些浪費，而且也很孤獨。在等她的那會兒功夫，我只能無聊地看電視，忽然又聽見一聲門響，接著，順就出現了。一見到她，我就眼前一亮，雖然是剛剛化完妝的效果，我心裡還是有些急切，坐下後沒聊上幾句，我就遞給了她一封裝著錢的信封。「先拿這些還掉一些債，以後再慢慢幫你。」我起身遞給她，她收好後，我就把她從旁邊的沙發上拉過來坐下，接著就扶起她的雙腳放到了我的腿上。一觸摸到她的腳，好像一個鑒賞師，把弄起那柔軟、白淨、大小適中、形態優美的雙腳。指甲沒有上色，卻更加顯得原汁原味，讓人有一種想托起它親吻一番的衝動。想想以前只能偶爾窺視的雙腳現在卻可以擁在我的雙手之間，我又順勢撫摸下去，雙腿更是酥爽的感覺，光滑紅潤，也看不見任何毛孔，真是一點瑕疵也沒有，太不可思議了。真的，能夠這樣撫弄順，哪怕她不愛自己，也會這麼令人迷醉。這種迷醉並不是隨便一個亮麗的女人能夠帶來的，她是一件令人渴望已久的珍品，好似封存在地窖裡的美酒，經過了長期的保存，才能擁有這樣的甘醇。

電視畫面上是韓國的一則喜劇小品，演的是在一家診所裡發生的一幕。當那位扮女醫生的女人忽然看見診所裡來了一位俊美的肌肉男病人，她竟然不用隨身的聽診器診斷，而是硬要坐上男病人的腿上，用臉貼緊他的胸口來聽他的心率跳動。男女雙方都表演得誇張、有趣。我看了不禁失笑。順催我去洗澡，我起身便進入了衛生間。除了一堆化妝用品，還有晾著的內衣內褲。我跨進淋浴缸，便沖洗起來。這裡當然是她平時洗澡的地方。洗完後又用她的毛巾擦身，隨後就直接進入了她的臥室。衣櫃裡掛滿了衣服，地上有一張大大的席夢思床，床單是紅色的。這裡是順睡覺的地方，我也在上面躺下來。接著，順也開始洗澡，我躺著等她，又不免想起了以前躺在床上等娜的情形。再過一會，出現的將是順，她的身體會是什麼樣？我想一定很美。雖然感覺過其他女人的身體，可對於將要出現的順，卻還是讓我在喜悅中充滿了期待。不一會兒，順終於在我面前光著身子晃動，我看得有點目瞪口呆，雖然光線暗弱，可還是能夠顯現出她的白潔的身體，細細的長腿和輕盈的體態，雙乳不大，卻是挺挺的。在她豐腴的股部處有個紋身圖，什麼圖案看不清楚。她終於走過來，躺到了我的身邊，我迫不及待地想要擁吻她。「順……順……順啊……順啊……」「嗯。」「順……順。」「等以後彼此有了親密的感覺，才和你接吻」。既然不能親密地相吻，我只是把嘴唇緊貼住她的雙唇，吸吮著她的氣息，並不時地叫喚著她的名字。我曾經這樣呼喚過她，那種情不自禁的獨自呻吟是一種被壓制著的渴望，而此時此刻卻是情感上的激情的釋放，以致在稍後的做愛時也顯得有些平淡。

經歷過交媾的時光，所以她可以隨心所欲地穿著底褲坐在沙發上和朋友講電話。也許只有夫妻之間才能這樣放肆。她的雙腿細長白嫩，雙腳秀美，上身套衣拉下來把身體包住，只有盤坐在沙發上的腿腳若隱若現地露在衣外。如果眼前的景致是一張色情的豔照，會引起男人的無限遐思。順又和我聊了一些她的生活困境，還有她家裡的一些不太妙的狀況。聽起來無論是她自己的境況還是她父母在韓國的狀態都出現了問題。出於我自身的境地，我一方面表示會再盡力幫助她，同時也讓她明白，似乎解決問題的關鍵還在於趁她現在還年輕容豔，應該儘快為自己找到一個合適的對象，當然我指的是有經濟能力說明她的對象。可她聽了只是感歎道，其實她自己從來也沒有放棄過這種努力，可在她的命運之中並沒有出現這樣的機會，所以娜是個幸運者，來澳交識的第一個男人便成了她的夫君。

離別時已經夜深了，看到了廚房的地上堆積了不少的垃圾袋，於是幫她一起提到樓下的垃圾箱裡去。臨別時，我和她親嘴道別，那是娜給我的待遇，雖然做多了只成了一種形式，不過現在換了順，卻感到意味深長。雖然已是凌晨時分，平時這個時刻早已進入夢鄉。身體也感到有些困，可頭腦還是處在興奮的狀態。我開著車，不免想到，像我這樣的男人結婚實在是一種錯誤，有個女人寫的書，書名就叫《男人是狗狗》，雖然是一種調侃，卻也是經歷過深深的傷痛之後的一種領悟吧。

我對順的思念平靜了許多，沒有以前那麼熾烈，可卻湧現出一種擔憂。如果她對我依賴慣了，我是很難滿足她的，而自己無論從生理上還是精神上，也會非常地依賴於她，如果是這樣，以後又怎麼面對娜的來到。這種事情很容易弄假成真，到時候彼此都變得不可自撥。理智支配下的情感操縱，最終都會失控的。況且，女人畢竟是純粹的感情動物。嗨，擁有她，是命運的犒賞，卻也是一種危機的潛伏。

我開始不停地給濟順，可始終解決不了她的危機。事實上，在她光鮮亮麗的外表下，充滿著各種生活危機，財務上的、心理上的和身體上的。由於開銷又多又廣，她始終生活在入不敷出的狀況下。作為這樣的一個獨居女人，在悉尼這樣的城市生活，生活成本高得驚人。昂貴的租金，日常的開銷，定期的帳單，還有她必須用的護膚品、化妝品、買衣購物的費用，每學期的學費都得一樣樣地付出。況且，由於她父親在首爾的生意連連失敗，她不但得不到充足的經濟來源，還要想辦法為家裡分憂，像以前那樣靠一份零工的收入是不可能維持生計的，最後她決定去一家夜總會做陪酒的工作。順的身上的肌膚雖好，可臉部卻特過敏，還有瑕疵，需要用高級的護膚品來保養，還要定期地做物理治療。她的頸椎也有問題，更可憐的是她有夢遊症，還易在睡夢中吵鬧。不過，娜也有不少的問題，她總是煩惱臉上會出痘痘，她時常便秘，有時指關節也會疼痛，還有月經不調等症狀。嗨，女人啊，外表光鮮的女人，實在是有太多生活上的煩惱。

順從來不肯在我面前卸妝，怕自己醜，所以我無法看見她的真面目。當我答應出錢給她治療臉上出現的毛囊脂蟎時，她竟像小孩一樣一下子把坐在地上的我撲倒在地，露出了驚喜而又怪異的表情。這就是順嗎？那個以前和娜在一起，每當她們一起走出來，順總會令我眼前一亮。記得那次她們一前一後上了我的車，當我一眼看到順的身影，我當時忽然感覺一種亢奮，因而覺得娜的無趣。可娜卻什麼也不知道，一個勁兒地在順面前向我顯現她的親熱使我感到內心的不爽與尷尬。雖然順再也不是我以前想像中的那個女人了，而是一個更接近真實的順。她憂鬱、煩躁、困頓，甚至有種怪異。不過，只有在她睡著的時候，她是那麼地安靜，那麼地叫人憐愛。我仔細地端詳著她，她臉上的瑕疵除了「黑豆」，好像還有「溝痕」，因為塗抹了化妝品，我還是無法看清她的真面目。此時，我又想起了娜的那張臉，真實的，略帶天真的臉，因而令我想起來多了一份親切的感覺。

有一天順向我哭訴起她的「遭遇」：「今天連買包煙的錢都沒有了，牙部腫痛又不能去上班，老闆又催我開工，我還欠她的錢，房租也到期了……」她哭得很傷心，雖然我答應幫她解決問題，可我也感覺到那是一個無底洞，我似乎從對她的渴望慢慢變得害怕，面部的問題還沒有解決，現在又牙痛臥床休息，醫生建議要動手術，還有房租的問題，接著還會有學費的問題。不斷的各種花銷直接影響了我的財務狀況，我要供養在海外的娜，抽屜裡還放著一堆欠繳的帳單。順也試圖用便宜的代用品來護膚，結果產生了不良反應。誰說人會挑剔，肌膚也是如此。順每天的生活幾乎是疲於應對她生活中的一切危機。當然，我總是盡力幫她，不管怎麼樣，在此階段她是我的女人，我生活中唯一的女人。

雖然睡眠不好，卻還是令人精神抖擻，一點疲倦的感覺都沒有，這也許是戀情的緣故吧。無意中在鏡子裡發現了自己，卻感到略顯年輕態，和年輕的女子交歡，也許會令人多少有點「返老還童」，似乎不再討厭自己的「窘相」，而是多了一些振奮。雖然破費不少，可比起那些出意外事故的人還是很幸運，就當是破財消災吧，而且還得到了甜蜜的回報。人的趣味也真是難以理解，如果偶爾遇到同樣的一個女子，一定不會這樣令人消魂失魄，可僅僅因為是娜身邊的女人，卻有一種與生俱來的渴望之情。

每次去見順的路上，心中總會有許多的感慨。如果以前把順當作了一塊美玉，那麼後來就慢慢發現了她的瑕疵。不過，不知為什麼，對於這塊有瑕疵的美玉，我依舊愛不釋手。我總是期待著在我敲門之後，順打開門時的那一瞬間，那是一張順的臉。進門後，我會儘量壓制自己的慾望，雖然我很想一見到她就能夠馬上擁抱著她，親她、吻她，可順不會讓我這麼做。不過，她對我的態度卻實變得溫順了許多。我可以在她的背後冷不防地抱住她，然後急切地吻她的脖子，迷醉於她的清香之中。這個過程，好似食肉的狼，從背後撲向食草的羊，一口咬住它的喉管，吮吸著血液的腥味，亢奮之極。時間交往久了，我還是擔心她腦中的多巴胺起了反應，最終淪入情網，到了那時，一切又是一場危機的開端。

有一點順做得很認真，每次在上她的床之前，她讓我必須清洗一番，她知道我每次出門之前我都會洗澡，可她總是堅持讓我再洗一次。當我在她的床上等她時，她自己也會認真地洗漱一番，像信徒過開齋節一般。每次見到她赤裸的身體，都會令我讚歎不已。那晚當她躺到了我的身邊，我急切地擁住她的時刻，潤滑的身體和馨人的芳香早已令我的體液蠢蠢欲出。在微弱的光線下，我打量著躺在身邊的順。她雙目閉合，靜靜地躺著，均勻地呼吸著，她的胸脯平平的，只有那對乳頭尖挺著。她雙腿交叉，使我無法撫摸她的下體。看起來她睡得很沉，偶爾身體或是手腳會微微地抽動一下。見她睡著了，我便輕輕地起身，隨後攝手攝腳地離開了。

本來沒有打算要去韓國旅行，因為娜突如其來的遭遇，所以耶誕節要在那兒過了，不能在悉尼陪伴順。以前，也嚮往去日本和韓國看看，有著同樣文化淵源的工業化程度發達的這兩個鄰國。況且，也想看看娜和順成長的城市。之於日本，當然，也要去看看日本的歌舞伎、人體盛，茶道之類的東西，更可以看看東洋女人穿和服的樣子。日本的女子有個好名聲，和美元、中國餐齊名。娜想去日本的理由很簡單，為了改善她的肌膚，去日本泡溫泉。早早就訂了去首爾的機票，又支付了從首爾去東京的雙人旅費，加之娜的日常開銷，年終的獎金看起來要全部搭進去了。在悉尼，還得支付房貸，現在要照顧順的生活，算起來，整整這一年是白辛苦了。什麼積蓄也沒有。想想以前羨慕阿拉伯人能娶四個老婆，可事實上中國以前有的士大夫，娶回幾個小妾常常令他們的生活不堪重負，甚至僚倒。也許還是從前氏族社會那樣比好，男女自由交配，下一代有氏族共同扶養，權力還可以「禪讓」，也不用像文明社會那樣，在一夫一妻的名義之下，過著偷情甚至玩交換伴侶的遊戲。

轉眼就到了十二月中旬，耶誕節的氣氛也越加濃厚，學生已陸續開始放長假，打工一族在為節前的工作忙碌，交通擁擠的程度在加劇。臨行前幾天，我再次去了順那兒。這次去的感覺有點不同，因為再過幾天，我就要回到娜的身邊，我不知道再次面對娜我的情感會發生怎樣的變化。要不是順的緣故，我一定會遵循以前的自我告誡，我曾告誡自己和娜的這段情感，是我人生中最後的一段，可偏偏出現這個意外。當然，我也不得不承認，在我重落情感的空窗期，最能替補娜的女人當然是順。不需要經歷相逢與相知，直接進入生活的主題即可。到了順那兒，和往常一樣，先是在客廳裡等候，不過這次她化妝的時間少了許多，當她一走出來後，我彷彿發現她的臉下半部分幾近素顏。因為牙部做了小手術，所以左臉有些腫脹，加之唇兒沒有塗抹口紅，雖然看起來失去了鮮豔，卻能更接近看到她的真實面貌。我拉住她的手，端望著她，我發現她不僅臉的左下側發腫，而且臉上的瑕疵還沒有治好，我十分憐惜地撫摸了一下她的臉部，又詢問了治療的情況。她的表情顯然被病痛折磨著，在沙發底下她按了一隻大枕頭，輕輕地靠了上去。我順勢和她緊緊相依，感覺她此時很需要我。「多虧了你，這個星期我才能安心地在家休息。」我把她的一隻手移到了我的衣服內，讓她用手撫摸我的胸部。同樣是撫弄，感覺順做起來更柔和也更令我快感一些。和順接吻，好像是鷸蚌相爭的感覺：一個要硬性插入，另一個卻死死地封住入口。不過我還是體驗到了和順接吻的快樂，深入了她的口腔，用舌尖感受她口中的柔情。感覺好極了，順似乎也動了一點真情，我又不斷地告訴她我愛她，她只是輕微地點頭示意。我們躺在一起，相擁而「眠」。客廳裡的燈光要比臥室明亮，在她閉著雙眼的時候，我仔細地看著一張和娜不一樣的臉，因為沒有塗唇膏，微微翹起的雙唇有些失色，山根處也不夠挺撥，比起當初見到她，感覺她似韓國明星一般亮麗要遜色許多，只不過那時她對我來說是咫尺天涯，如今，事過境遷，她居然溫順地躺在了我的懷裡，擺出一副小鳥依人的姿態。看來目前真的沒有別人可以照顧她，雖然我還是希望她有自己的歸宿。她的長髮散亂在枕頭上，長髮雖然很美，可睡覺時卻很不方便。她看上去是累了，也許是做了手術的關係，不過女人睡覺的本領是超乎想像的。

大約過了一個小時左右，見她有點醒來的樣子，我便告訴她我要先走了。她又忽然問我：「去韓國要多久？」我沒有和她提起這個是因為避免這個話題。「過了新年就回來。」「噢，要這麼久啊。」沒想到她會這麼說，也許她開始習慣有了我的陪伴，彼此都是孤身一人。我向她吻別，她反復叮囑我：「Take care！」我不知道這句簡單的話的確切中文的含義，反正是一種關愛。

路上的風越括越起勁，微弱的燈光下樹葉在捲動中不停地飛舞，有種昏天黑地的感覺。全世界都在擔心世界的末日，人們感到擔憂與恐慌，而我倒要看看世界末日的景象，反正地球上早晚會出現這麼一天，對人類把地球糟蹋成這個樣子早已忍無可忍。終於到家了，躺在床上已是深夜，又覺得才和順彼此有點柔情蜜意，過幾天卻又要去「伺候」另一個女人了。如果有一天娜真的回來了，她會不會成為一個多餘的女人呢？那時也許我和順真的很習慣在一起了，彼此又不想分開但由於娜的出現，現狀又不得不再次改變，這樣的話，曾經的好友知己，會不會產生嫉恨呢？甚至下毒手呢？我忽然覺得如果娜在外面出了什麼意外，也許就能和順在一起了。嗨，人心是什麼呀，為了新歡，竟然想到讓舊愛出事。我不知道順以後怎麼面對娜，當娜向她談起自己的男人時，順也會感到在談論自己的男人，她是會護著那個男人呢還是一起抱怨，卻又要表現出無動於衷的樣子，如果真是這樣，那會非常地奇妙。

臨行前一天，悉尼的氣溫驟然上升到四十多度，查看首爾的氣溫是零下十幾度，這樣的溫差令人感到像是在月球的表面，看來地球終有一天會毀於極端的氣候。本來應該在臨行前向順問候一下，猶豫再三還是沒有和她聯繫。「噢，這麼久啊。」耳邊又響起了她的話音。嗨，一邊是順的「戀戀不捨」，另一邊卻是娜的「殷切期待」，令人感到快樂而又困惑。沒有什麼行李，除了幾套冬裝和替換的內衣，還帶了些感冒藥。第二天一大早，就去了機場。機場內韓國航空公司的工作人員顯得特別彬彬有禮，招呼別人時總會彎腰鞠躬，感覺日本人也是這樣。中國古人見面時要拱手作揖，現在一般對陌生人比較冷漠，和別人招呼時一般點點頭或是握握手。西方人的花樣比較多，見了朋友會相互擁抱，有時還要左右兼顧，尤其是異性相互問候的時候，要吻對方的面頰。西方人對陌生人也捨得用情，特別是中年以上的女性，在超市、銀行、郵局之類的地方，收銀員時常會橫一句「達林」暨一聲「甜心」，令人感覺甜滋滋的。向工作人員要了一個靠「緊急出口」的座位，那位置比普通座位寬暢許多，她查看後便答應了。無意間發現她臉部的瑕疵和順相似，雖然經過了粉飾，卻還是可以隱隱看到。她接著用韓語和我交流，我只是不停地點頭示意，取了登機卡，我用韓語向她道了謝，並鞠躬對她表示謝意。

在候機室的過道上，總能看見來自世界各地的不同人種，澳洲的移民來自全世界一百八十多個國家和地區，雖然移民部長為此感到自豪，可各種族卻大多數保持著祖籍國的生活習慣，各自講著自己的母語。中國人當然也不例外，就華人中，有來自大陸的，還有港臺的，東南亞的，他們各自講著自己的方言，其中廣東話最為普遍。不過近幾十年，講國語的大陸移民也急劇上升。西方人開放且具包容，就是在婚姻方面，西方人不挑食。他們對中國人什麼都敢吃感到驚訝，尤其是禽畜類的內臟，這些令人噁心的東西為什麼會對此趨之若鶩呢？中國人對西方人什麼人都可以通婚也感到吃驚，無論黑白、胖瘦、美醜、有無婚史和孩子，他們都不介意，而且和異族通婚，總是令他們感到自由自在，甚至比他們的同族之間的婚姻更加牢固。

飛機終於起飛了，韓國的空姐看起來個個高挑、出色。雖然是經過嚴格的選拔，不過據說韓國的女孩子整容很普遍。沒有人願意在自己的身上動刀子，除了整容手術。在幾乎所有的交流之間，常帶有「思密達」的發音，聽起來親切，卻成了別國人的「笑柄」。比如我就常愛和娜說：「謝謝你思密達」，「再見思密達」。不知為什麼，她聽了總是很生氣。越生氣，就越激發我想這樣說的慾望。大約飛行了一個小時左右，便到了午餐時間。沒想到飛機上也供應「韓式拌飯」，套餐中還帶有泡菜。絕大多數的韓國人都選了拌飯加泡菜，我要了份牛肉飯，口味不錯，比其他航空公司的飯菜來得可口。好像韓國人要是一天不吃泡菜，整個民族就要毀滅似的。為了打發時間，我便在飛機上閱讀本年度出版的自己比較喜歡的一本書。在飛機上閱讀並不是一種享受，可比起無聊地坐站，用閱讀打發時間還算不錯。僅僅是十來個小時的旅程，就會令人覺得長得難以忍受。想到將來某一天，人類要進行星際旅行的時間也許要經歷幾十年、幾百年甚至更長，也就是說要經過好幾代或是幾十代人的生命延續，才能達到目的地。如果人類像養雞場裡等待宰割的雞隻那樣，在極小的空間中度日，一生不見陽光，不抓昆蟲，也沒有交配權，餵的是飼料，還要加入抗生素，鎮靜劑之類的藥物，那麼，人類會異化成如何呢？

下了飛機便拖拖拉拉，由於人生地不熟，又遭到機場管理人員的盤問，幾乎最後才走出候機室。好在指示牌上都寫有韓文、英文和漢字，倒也方便不少。匆匆地走出最後一道門，不遠處便見到娜在一邊招呼，看見我，她燦燦地一笑，胖乎乎的臉看起來外形如同兩人，眯眯的眼睛一副十足的韓國婦人的樣子。「怎麼一下子會變成了這副樣子？」我只是暗自吃驚，她把我帶上了一輛計程車，從仁川機場到首爾有一個多小時的車程。和所有的到訪者一樣，一路上留意著窗外的景致。由於寒冷，又是夜晚，車外只有模糊的景色。我不知此刻開車的司機是怎樣的心情，是自豪地展示自己的城市風貌還是像所有久住的居民那樣，對自己所住的城市早已沒有什麼感覺，也許心裡還有一肚子的抱怨，他只是一聲不響地靜靜地開站車。也許城市的面貌多為相近，感覺上沒有太多的新鮮感。娜拉住我的手，用頭依偎在我的身上。這是我們第一次久別重逢，也許也算不上久別，只有兩個多月的時間。不過感覺上還是有些變化，至少在她的外形上。人的記憶和外形總是分不開的，如果和記憶中的形象有所不同，就會有一點陌生感。當然，由於話題的關係，這種感覺很快會消失。進了首爾城，很快我們便住入了一家賓館，安放好了行李，我便先進了衛生間，用馬桶的時候才發現，那是有自動洗潔功能的。在便後的沖洗中，水力和水溫都可以調控。這樣真是方便了不少，也優雅了許多。想起有人說過，林黛玉也要蹲馬桶，說的是美女也會有無奈的不雅之舉。匆匆地洗漱了一下後，我們就去了樓下的餐廳，餐廳裡空蕩蕩的人很少，卻也在不遠處聽見兩個中國人在說話。雖然和娜以前經常一起外出用餐，可她卻在我們坐下後感歎道：「真不敢相信，你居然會來到首爾」。也許是愛情的緣故吧，和心愛的人異地相識，又忽然出現在自己成長的地方，總會有一種令人感到不可思議的感覺吧。晚餐當然還是離不開一碟碟的泡菜，菜色很快就上齊了，服務員端上來的一只碩大的碗中裡面盛放的只是少量的麵條，我感到有點驚訝。「這是韓國的一種風格」娜向我解釋道，韓國的麵條口感卻實很好，難怪受人青睞。娜的胃口也變大了，也許是食物更合她的口味。看著她吃東西的樣子，忽然就想起了順，如果眼前的這個女人不是娜而是順，也許我也一樣會感到不可思議吧。

娜的身體真的胖了許多，連大腿也變得粗粗的，這更加令我回味起順的美腿。也許她是疲勞了，很快她就睡著了。我打量著她的臉龐，說實話，也許她比不化妝的順更耐看，娜的五官很有女人味，眼睛大大的，睫毛很長，鼻子細細的，嘴唇上下都有珍珠的形狀。不過，順的四肢柔美細長，又白裡透紅，看不見任何毛孔，簡直是無可挑剔。娜是少數沒有整過容的韓國女子，和娜在一起，真的有一種夫妻間親情的感覺，可以隨意地表現自己，也可以對她不加理睬，而她，把自己所有的心思都放在了自己的男人身上。飯菜是否合口，衣服合不合適，休息得好不好，會不會有哪裡不舒服。嗨，老婆就是老婆，沒有孩子的時候，男人就是她的孩子。

像所有的大都市一樣，首爾的大街上是川流不息的車輛，也許是冬天的原因，路上的行人並不多，年輕的女子看起來大多時尚、美麗，這也許要歸功於大街上的許多整容整形的機構，手術本是用來治病的，如今卻也成了整容整形外科甚至是變性的手段。路面的道路設計很寬暢，大馬路內單向就有六至八個通道。馬路上乾淨、整潔，休閒區也不見什麼保潔員到處在不停地打掃，路上也不見警車的綜影，更不見四處簇擁的外來打工的所謂農民工。如果南北韓可以自由出入，那麼也一定會在城市裡到處可見北邊來的打工族吧。娜決定先帶我去景福宮參觀，快到目的地時，天上忽然飄起了雪花。一進景福宮，看見那紅牆綠瓦的古式建築，便聯想起北京的故宮。當然，和故宮的建築規模不可同日而語。地面上很快覆蓋了一層雪，而且人煙稀少令人彷彿置身於一個私家的庭院。建築物上的牌文都為漢字，也有龍的雕塑，卻不見蝙蝠圖案的裝飾。我不清楚，為什麼外形醜陋，行綜詭異的蝙蝠，在中國卻能成為接福納吉的標誌圖飾，僅僅是因為和「福」諧音的關係嗎？好似一個品行低劣，手段毒辣的女人，僅僅是因為她的美貌也可以成為母儀天下的皇后嗎？景福宮的庭院裡乾淨整潔，地上是普通的沙石路，沒有刻意地鋪墊過，這種質樸的景致，卻有一種《紅樓夢》裡描寫薛寶釵的風雅：淡極使知花更豔。想想以前這座宮裡的皇帝也真不容易，先是要抗拒來自北方的中國強敵，後來成了「藩王」，甲午戰爭後，又要遭受來自南方的日本敵寇的欺凌，而後又論為日本的「貴族」。對景福宮沒有太多的聯想，當初一進入紫禁城，除了被它的建築群所震撼外，還令人浮想連翩，從李自成到吳三桂，再從多爾滾到袁世凱，一幕幕亂轟轟你方唱罷我登場的情景，歷歷在目，遐思不竭。

娜帶我去品嚐的韓式美食中，總離不開泡菜、拌飯、烤肉之類的東西，看起來她總是百吃不厭。我倒更想看娜穿上韓服的樣子，她學過舞蹈，如果弄個韓式盤發再跳個朝鮮舞，一定會很迷人。不過她的興趣都在時尚產品和化妝品。和打造的電子產品、汽車工業一樣，也不遜於強勁的日本。在娛樂方面，尤其是少女組合唱，造型與趣味都堪稱一絕。日本人佔領了動慢市場，韓國人卻以流行歌舞，電視劇作為回敬。好像當年英國人到處建立了殖民地，德國人卻想佔領思想的天空一樣。感覺韓國人學日本人的東西特別到位，除了地理位置上優勢，與它曾經是日本的殖民地有無關係呢？好像臺灣也是那樣，受日本文化影響頗深。中國人對日本人總帶著一種記仇式的防範心理，好像法國人從前與英國人打了幾百年的仗，如今的法國人對英國人似乎仍然耿耿於懷。不過翻開近代史，好像中國人善於「舌戰」，日本人更擅長「行動」，所謂說幹就幹，不計後果，這成了他們的優點，卻也導致了災難。

今天是耶誕節的第二天，也是我在首爾的第三天。又是一個早晨開始了，天色才濛濛亮，路道上已是車水馬龍。為了生計，人們就得不停地忙碌。就算是年輕女子，大多數也只能在下了班後，才能精心打扮自己，匆忙地去展示一下女人的魅力。和農耕時代相比，那時候的女人也許要悠閒許多，也有更多的時間和花草山水相伴，還可以結伴玩捶丸，高雅一點的可以撫琴作詩，像「大觀園」裡的小姐那樣，就連丫環也不例外。現在弄幾個職場女強人出來，給人一種女人身體男人心的感覺。昨晚夢見了順，我和她含情脈脈地對視了一下，因為娜也在場，所以彼此很收斂。整個旅途好像是三個行，順的影子時刻和我們形影不離。今天準備去唐人街，要坐地鐵去仁川。吃過早餐，我們就出發了。首爾的地鐵交通很發達，分地上和地下運營。地下的線路更是四通八達。每個站口都標有漢字，像什麼「磐石」、「溫泉」，站名也那麼富有詩意。一出地鐵口，寒風就迎面撲來，由於氣溫低下，又下著大雪，此生從來沒有經受過這樣的寒冷，我和娜都被凍得瑟瑟發抖。「還是在悉尼好，從來不會這樣受凍。」雖然早餐才吃過不久，為了避寒，我們不得不在唐人街裡找食肆取暖。大雪飛飛揚揚，可還是有人站在酒樓下招呼客人。上樓後，暖氣使人回過一點神來。坐下後才發現，其實離午飯的時間還早，裡邊還沒有客人，座位上只有我和娜兩個人，我們依窗而坐。「記得在澳門的漁人碼頭，那天到了午飯時間，好不容易找到了一家中餐廳，進去後就我和你兩個客人。」「是呀，那裡好像有些冷清。那天我們吃了一條糖醋魚，今天你想吃什麼？」「你點吧。」說著，我從視窗放眼望去，和所有的唐人街一樣，紅牆綠瓦的食肆樓櫛比鱗次，門外都放有石獅，只是多了一些飄揚的印有兵馬俑的彩旗。很快就上了熱茶，喝了幾口，令人感到又暖又舒服。送茶的是一位中年女侍應，穿著中式棉襖，加之梨花木的餐桌椅，還有吊著的宮燈，著實給人一種古式古香的感覺。她開口講著一口別樣的中國話，鄉音總歸帶有一份溫馨。娜點了幾道中國菜，沒想到端上來的竟然是「糖醋咕咾肉」，還有「香椒牛肉絲」、「炸醬麵」等傳統的中國菜，盤盤都是大大滿滿的，我真擔心兩個人怎麼吃得下這麼多東西。席間，女侍應告訴我們，她的兒子在美國讀書，會講中、日、韓語和英文，她從小在韓國長大，中國話說得不流利。我誇她中文講得不錯，又說道：「做媽媽的辛苦工作，全是為了他的前途。」「是呀」，她又解釋道：「我要幫他，將來有了出息，才可以掙錢養老婆。」

離開餐廳時，身上已經消除了寒冷的感覺，便逛起了街。主街延伸出去，又有好幾條岔路，看起來都是唐人街的商業區。在寒風中，幾乎不見什麼人流，卻意外地看到了《三國演義》的壁畫，牆面上的畫，工整細膩，長長的露天壁畫，氣勢也算是非凡了。娜興奮地給我講著《三國演義》裡的故事。當我們來到了一個路口，忽然發現了一尊幾米高的孔子塑像，我頓時就興奮起來。據說有韓國學者認為孔子是韓國人，惹得中國人很不滿。其實又有什麼關係呢？從前荷馬一生貧困潦倒，沒有人願意給濟他，可如今全希臘這個充滿神話的國度，竟有至少六個地方的人宣稱，那裡是荷馬的出生地。在冷風中，看見一位老太太孤零零地推著一輛小車，娜叫住了她，向她買了兩瓶優酪乳。我們邊喝邊走，唐人街裡少不了中式的庭院，周圍有山石花草，還有小橋流水，在繁華忙碌都市裡的隅隅一角，能看見這樣的景致，令人心怡，雖然此時被一層白白的雪所覆蓋。

回程的路上風雪更大，上了地鐵後才發現，車廂裡不僅有暖氣，連合金鋼材料的座位也是暖暖的，一坐上去像是中國北方的炕床，令人感到熱乎乎的。不過坐久了便有些「烤人」。「好像我要被烤熟了。」我向娜說道。「不會的，放心坐好了。」「明天就要去日本了，今晚你要早點睡，明天一大早就要出發了。」「沒關係，飛機上還可以睡覺。」

第二天清早，天色還沒有亮，我和娜就拖著行李到了汽車站。冬天的清早，寒風冽冽，車站邊也只有昏暗的燈光。等了好幾分鐘，還不知道車什麼時候會到。車站不遠處有個小賣部，娜走過去買熱咖啡，當她離開後，等的車就到站了，於是娜又跑了回來。司機下車後，打開了車下的行李箱，把我們的行李一一放好，又跑回去開車。車裡此時已有不少的乘客，應該都是去機場的。到了機場下車後，天色已經亮了起來。司機又急忙下車，取出了一件件行李，又關照大家查好行李，等客人收好行李後，向客人鞠了躬，說了聲再見便離開了。

進入候機廳，娜很快找到了旅行團的導遊。我們集合起來去了行李托運處。娜報名的旅行項目為「日本溫泉遊」，所以團裡大部分是女性。我想去日本的願望由來已久，一方面想去看看它的現代化文明程度，另一方面要感受一下它的文化氛圍，畢竟在中國近代史上，它影響了許多中國的革命先驅和知識份子。當年為了改變積弱的中國，戰敗國的子民紛紛踏上了這片土地。當然，還有我喜歡的日本作家芥川龍之介、川端康成、幸田露伴、志賀直哉等。

僅僅是兩個多小時的飛行，飛機更降落到了羽田機場。從飛機上出來後才發現，外面下著大雨。機場裡的指示牌，還有看板都寫有日式漢字。取了行李之後，旅行團裡的人又集中了起來。導遊是位中年男子，戴著一副眼鏡，看上去很斯文。他帶我們上了候機廳外的一輛巴士，司機是日本人，和導遊說了一通，又數了一些導遊給他的錢，點了人數後，巴士便起動了。導遊開始向遊客不停地解說，反正我什麼也聽不懂。其實韓文裡雖然沒有漢字，許多發音卻和漢字相近，而日文裡有很多的漢字，發音和漢字卻沒有什麼關係。從機場出來到東京的市區，巴士好像走了很長的一段彎彎曲曲的山路，四周樹木茂盛，路面卻很窄小。大約行駛了一個多小時，我們終於到了東京的市區。此時太陽出來了，雨後的陽光有些刺眼，望著太陽光下熠熠發光的東京，我不禁想到，就是這座城市嗎，二戰時曾經遭美國的飛機狂轟亂炸，整個城市變成一片焦土。不就是這裡嗎，從清末民初起，多少革命黨人，紛紛來此習武讀書，包括《劍湖女俠》秋瑾，一個當時中國還盛行女性裹小腳的年代，卻能夠放棄舒適的生活和革命者一起，從事反清活動。比起隱忍的日本女人，中國女性的剛烈實在不讓鬚眉。還有孫中山，在這個城市裡成立了「同盟會」。當然，在東京，我更想瞭解「藝妓」、「茶道」、「人體盛」這樣的文化內容，還有品嚐精緻的日式點心。

東京城裡有大大小小的許多寺廟與神社，這大大出手我的意料，彷彿只有東南亞的城市裡才會寺廟林立，這裡的廟宇大多處身於靜謐的叢林之中，高高的參天大樹和寺廟相互襯托，四周的奇花異草令人賞心悅目。在繁華擁擠的都市裡，在僻靜處信步寺廟神社，有一種令人平和、歸化的感覺。日本人敬神，信奉「神道教」。寺院內外，打掃得出奇的乾淨、整潔。這裡沒有人亂丟垃圾，所以連垃圾箱也找不到。據說日本人有「撿垃圾」的習慣，如果地面上意外地發現了丟棄的垃圾，日本人會主動撿起來收好。敬神使人內心得到淨化與修煉，讓人的心智得以提升。中國古代許多的高僧，也是藝術大師的道理就在於此。日本的鈴木和尚通過觀察天空的閃電，激發出書法「狂草」的理念。中國人信奉孔子，儒家文化使人以讀書做官為宗旨，就連畫師也要以物喻人，畫上核桃、桂圓、荔枝，象徵讀書人連中「三元」，還要以公雞頭上的畫朵雞冠花，寓意「官上加官」。中國人的智慧多應用於官場的權術與謀略。鴉片戰爭後，中國開始大搞「洋務運動」，「師夷長技以制夷」，購置了先進的船炮，可最終還是不敵掘起的日本，慘敗於甲午海戰，簽定了喪權辱國的《馬關條約》。

街面上人群簇擁，尤其是過馬路的場面，人流更似排山倒海一般，不過卻很有秩序。人群裡除了西裝革履的上班族外，還可以見到不少穿著異樣的時尚潮人，當然多為年輕一族。奇異的裝束和扮相，可以盡心地張揚一下自己的個性吧。偶爾也會看到穿著和服的東京女人，亮麗極了，加之腳上穿的木屐，走路的樣子像是和著節拍，更彰顯出和服的高雅品味。路上雖然處處是人頭攢動，卻見不到員警的身影，東京的治安人員應該很省事吧，不用去管小攤販亂設攤位，也沒有什麼撿賣垃圾的、乞討的，或是四處流浪偷盜的。橋下的流浪漢每人都住進了清一色的紙盒子裡，這樣既不妨礙都市的瞻觀，又保證了他們的私秘性。也許是沒有人亂丟垃圾的緣故，所以也看不見處處是城市保潔員提著掃把與簸箕跑來跑去的身影，這情形也是上海的南京路步行街熱鬧中增加熱鬧的地方，而銀座的步行街卻令人感到在繁華中添了一份寂寞。東京的出租司機都是一些上了年紀的人，心血來潮想用英文和他們交流幾回，可他們的回答全是日語。匆忙地在新宿逛了半天街，卻什麼東西也沒買。轉眼又到了晚飯時間，於是領隊把我們帶進了一家餐廳。我們一個個地坐好，也不知道會上什麼菜，只看見幾個服務員忙碌的樣子。不一會兒，一份份的套餐送了上來。方方的託盤裡有一小碗米飯還有一點湯料和幾樣醬菜。主碟裡放了一些生魚片和幾隻熟蝦，當然還有一些調味品。

晚飯後回賓館，看了一會兒電視，娜就吵著說肚子又餓了。「你太胖了，要注意節食，日式的套餐營養、健康，你看日本人肥胖的很少，你要瘦一點才好看。」說歸說，我們又一起下樓，去了附近的一家便利店，小小的便利店裡擠滿了人，商品倒是很豐富，尤其是各種飲料和方便食品。飲料的品種奇多，而且包裝誘人，口味也各具特色。在首爾娜就經常買日式飲料，所以她很快就挑了好幾瓶她喜歡的飲料，又挑了些零食。我打量著那些方便食品，速食麵就是日本人發明的，這裡有各式現成的飯菜成品，回家後加熱便可食用。也許日本人太忙了，生活節奏太緊張的緣故吧。付帳的地方也是忙碌不堪，五、六個收銀員不停地應酬著客人，我搞不清楚日元的幣值，最好的辦法就是手裡放著一把零錢，讓收銀員自己去挑，這樣省事又快捷。

清早，去伊豆的巴士便等候我們團隊去那裡泡溫泉，對我來說泡溫泉只是洗浴而已。可對於日本人來說卻是度假與休閒。當然，對於那些相信對肌膚有保養作用的女性來說更是一種心理上的渴望。伊豆這個名字我並不陌生，川端康成的成名作就是以那裡為背景的。巴士經過了一段長途跋涉，才終於看到了滿是被積雪覆蓋的山坡，又零星看到幾處冒出地熱的霧氣。巴士終於到了停車場。下車後，我們就來到了入口處的等候大廳。來這裡的大多數是日本本地人，當然年輕人居多。男女分開後，換了鞋，領了毛巾便去洗澡間了。說它是洗澡間是因為室內和一般的洗澡池沒有什麼區別，洗浴房內是熱氣騰騰的蒸汽，男人們個個光著身子在水池裡泡澡。不過從水池的後院裡，看到的卻是另一種景象，那裡通向一片暢開的開闊地帶，到處是樹林子，還有樓臺亭閣，地下卻有熱騰騰的泉水匯入池中，人們頭頂毛巾，全身泡在水池裡，仰面是滿山的雪景，這不能不說是大自然的一種恩賜。我獨自依躺在熱水中的兩塊大石頭中間，看著空中飄下的雪花，還有沾滿白雪的樹林和亭子，這實在是一種非常奇特的體驗。

在露天的水池裡躺了好一會兒，我便光著身子從水池裡跑了出來，也不覺得寒冷，隨後又進入室內的淋浴池，清洗之後，又光著身子跑到樓上的更衣室，更完了衣，就去了出入口處的大廳裡等娜出來。大約又過了半小時左右，娜也出來了，她的頭髮還是濕濕的。「感覺怎麼樣？」見她我就問道：「太好了，我的肌膚變得又緊又滑，到底是溫泉水，從來沒有感覺這樣好。」「洗個熱水澡，再用上護膚品，也會是這樣。」「那不一樣，我能感覺得到這種天然的功效。」我聽了笑笑。「以後我還要到這裡來，真是太神奇了」「過兩天不是還要去箱根泡溫泉嗎？」「是啊，是啊，真是太好了。」「以後你也不用買什麼化妝品了，把錢省下來，到這裡泡溫泉就是了。」「等我有了錢，我就再過來。」

晚上和娜去了一家別致的餐廳，據說包房裡有「人體盛」宴，雖然價格不菲，但我還是咬咬牙，想去探個究竟。很快我們被帶進了一個燈光有些昏暗的地方，一進門我就往裡張望，除了一張空桌上放了一些裝飾花外空空如也，什麼東西也沒有，後來我才明白，我此刻真好到了換人的時間，等我們站到一邊後，只見一張移動的床（桌）被推了出來，我頓時感到一陣驚訝，推出來的桌子上放著的可不是一頭烤豬，而是一個活生生、赤條條的女人。潔白的肌膚，玲瓏的身體，上面放著各種壽司食物。一眼看去，桌上的女人毫無表情，與客人沒有任何溝通，這樣子像是比殯儀館的死人多一口氣。一具妙齡女性光著的身子，真的很刺激，令人食慾大減色慾萌動。一堆人群，男人居多，打量著桌上像屍體一般的女人，一絲不掛，身上到處是堆放的食物，這種感覺有點奇妙卻難以言表，人們似乎對食物沒有太大的的興趣，隱隱的性衝動令人有一種「奸屍」的感覺。每吃一口食物，就彷彿和她的肌體親密了一次。通常食物吃不完可以打包帶走，感覺這個女人也是如此。我想如果娶了這樣的女人，把她放在家裡的桌子上，獨自享受著她身上挾過來的佳餚，別人還以為自己是在吃屍塊呢。吃過這樣的宴席是會讓人在生理上留下後遺症的，每每看見女人的身體就會挑起食慾，加之色慾的衝動，真的會有一種殺人噬屍的慾望。

在東京，每天的行程都是排的滿滿的。今天的活動令我有些興奮異常。上午我們要去體驗日本的茶道，下午去銀座逛街、購物，晚上要去一家劇場看藝妓表演。茶道一向讓我敬而遠之，喝茶，多為解口和養生，如果把它提升為一種「道」，就會體現精神層面和文化內涵。我們上午先去了一間茶道館，道館位於一個林蔭道裡的僻靜之地。我們在停車場下來後，就來到了一間簡易樸質的居室裡。我們換上了白色的袍衣，便安排在廳內就地跪坐。我們先是觀摩，然後親自體驗。對面的牆面，全部是日式的格宇窗，用的是磨砂質玻璃，有一種紙質的感覺，室內的光線全是自然光。在我們右邊的前臺地上是穿著和服雙腿跪地而坐的茶師，面對她的是四位也穿著和服品茶的人，她們跪地坐成一排。製茶師隨著古樸的樂聲優雅地進行看製茶過程。她分別進行了擦淨器皿，泡製茶料，隨後緩緩移動將茶水奉分給品茶的人，並一一向她們雙手伏地鞠躬。受茶時也一一還以同樣的禮儀。在品茶者雙手托杯飲用前，一起向製茶師再鞠一躬，喝完放下水杯後，製茶師再小心翼翼地切開點心分給大家品嚐。最後製茶師起身慢步退出，到了出口處，又轉過身來，伏地跪下，又雙手著地進行跪拜禮以示謝意。此時，受茶的人也再次還以同樣的禮節。觀摩了整個過程，我的心情難以平靜，茶道與其說是品茶，倒不如說是一種端莊的禮儀，穿上和服的日本女子，把這種融合了「禮」與「敬」的氛圍更演義到了極致。

銀座，終於來到了銀座。如果說這裡代表著日本的時尚與品牌，這也許只是一種表象。在我眼裡，整個日本就像一個「道場」，他們非常著重生活上方方面面的細節，也善於解密西方文明的密碼。這裡的奢侈品和我沒有多大的關係，倒是精緻的點心和食品，讓我和娜不停地品嚐。我注意到銀座有幅巨大的泰國航空公司的看板，應該是這裡最大的看板了。去泰國尤其是曼谷這樣的城市，大批擁至那裡的日本男人當然不是去為了參觀那裡的寺廟，而是沖著那裡的性交易場所吧。同樣也有「兵馬俑」的廣告，它似乎是在向世人表明自己是「譴唐使」的後裔。兵馬俑的造型威武不屈，那曾是一支「虎狼之師」。在西方的殖民時代，尤其是「明治維新」以後，又一支虎狼之師征服了世界。娜一路走，一路品嚐各種食物，肚子撐飽了還是禁不住各種食品的誘惑。在禮品店裡，看到了許多具有日本特色的製作很精美的禮品，雖然她東挑西揀地買了不少，可我並不知道最後的去向。走累了，我們就去了一家咖啡館。咖啡廳設在樓上，進去後發現裡面有不少的服務員，全是一身女僕打扮的樣子有些令我好奇。我和娜坐下後，便有兩個身穿女僕服，頭戴蝴蝶結的年輕女子向我們迎來。我們點了兩杯咖啡和一些點心，大約過了五分鐘的樣子，只見這兩個女孩一個端著咖啡盤，另一個向咖啡杯手舞足蹈地念起了「咒語」，雖然聽不明白，卻感覺很好玩。念完了，把咖啡杯和點心放到了我們的桌上，然後和我們一起坐下來又繼續念「咒語」，還讓我們和她們一起邊念邊跟著做些手勢。我感覺快樂極了，日本女孩子在和我們做這種遊戲的時候充滿了童趣，難怪日本的動慢這樣暢銷，全賴於有這樣的女子陪伴。難道日本人的創造力來自於敬神的態度，放縱的生活和富有童心的女人相伴嗎？

到了傍晚的時分，在高處遠眺城市特別迷人。天空呈現暗藍色，地平線上還散發著淡紅色的餘輝。遠處高樓林立，並亮起了無數的燈光。晚飯一過，我們就去了一家劇院，今晚這裡有日本的傳統劇藝妓的表演。劇場不大，室內的裝潢卻非常考究，坐席上也有不少的西方人。節目開始後，當一位藝妓抱著像三弦這樣的樂器出場後，便開始彈唱起來。那是一種日本的民族唱法，歌聲時而低吟，時而又充滿爆發力的嘶叫，唱得很是投入。藝妓確實給人產生許多的聯想，她們的臉上粉脂濃沫，整個小臉兒好似被粉刷了幾下。那白白的俏臉上，顯露出一點紅，那便是小嘴。當然，獨特的髮型加之別致光鮮亮麗的和服，似乎令人想起了楊貴妃的模樣。要成為一名合格的藝妓，並非一朝一日，訓練的過程繁雜、苛刻，也非一般女人所能為之。在看舞蹈表演的時候，似乎令人感覺回到了唐朝。日本人的唯美性使這種傳承了千年的風雅得以保留下來。在優揚的樂曲聲裡，陶醉在藝妓的翩翩舞姿之中，感觸之深，好似別人家拿出了自家的東西向你展示，彷彿是大老爺家的小老婆又做了別人家的少奶奶，現在又在別人家侍候你，這種感覺很無耐也很悲涼吧。整場表演才一個多小時，還要加上中間的休息。我和娜說：「你學過舞蹈，朝鮮舞和日本藝妓跳的舞姿比怎麼樣？」「那可是有很大的不同，我學舞蹈時有許多旋轉和跳躍，藝妓的舞只是一種生活式的表演，你懂嗎？」「這個我倒是沒有想過，反正，被藝妓侍候，真是男人的好福氣。」

接下來的幾天，我們參觀了東京塔，瀏覽了明治神宮，眺望了富士山，去箱根泡了溫泉。那晚，我們去了離羽田機場不遠的一家韓國燒烤店。其實那是一個汽車旅途站，因為不在鬧市區，店面便可以開得很大。我們集中起來一起吃烤肉，喝日本清酒。這是我們在日本的最後一晚了。團裡的人都彼此開始熟悉了，大家一起舉杯慶賀，互祝好運。讓我有點吃驚的是汽車站裡的小賣部不僅放著各式精緻的點心，門外的空地處有許多賣飲料的出售機，每個售貨機裡放著各式飲料，我數了一下，在十二個售貨機櫃中，有兩個是賣煙的，其餘全是放著各式不同的飲料，可口可樂只是其中的一個品牌而已。晚上住的賓館房間要比東京的寬暢許多，不僅有遠效的風景，還可以開窗自由地呼吸，在賓館裡住了最後一個晚上，第二天一早便上了一輛大巴出發了，臨行時，許多日本人向我們高舉雙手示意歡送，車內的人也向窗外揮手示意，許多韓國人大笑起來，也許他們從來沒有過這樣的體驗。

回到首爾時天氣已經沒有像前些日子那麼寒冷，第二天上午，娜的朋友開車帶我們出去玩，我卻令她們意外地提出要去看「三八線」。「那是個非軍事區，只是有幾個崗哨而已。」姬說道。「我想去看看那裡的風景，那裡的景色應該還很不錯吧。」我說道。「開車過去要多久？」娜問道。「大約一個小時左右的車程。」姬回答道。姬開站車帶我們出發了，她對非軍事區並不陌生，她甚至知道那裡的景點，可她知道造成南北分裂的原因嗎？其實韓國人對這個是心知肚明的，是日本人的侵略和中國人的參戰所造成的。出城不久，就看到了公路沿線架構著層層的鐵絲網，路上時而有軍車駛過，彷彿令人置身於戰爭年代。沿著漢江前行，還可以看到樓閣式的崗哨，哨兵警戒著四周。從不遠處看非軍事區地域很大，到處是叢林灌木，盡顯原始生態。「等朝鮮統一了，大韓民族就更強大了，到時日本人的日子也就不好過了，美國人也該回家了。」我說道。「在自己的國家裡駐紮著外國軍隊，感覺總是怪怪的。」娜說道。「可他們在保護你們呀。」我說道。「誰要他們的保護，他們回去好咧。」姬也說道。看來她們並不喜歡外國人在這裡駐軍，不管是什麼理由。

回途中，姬帶我們去看駐紮在首爾的美軍基地。沒想到基地就設在繁忙的都市裡。有一片被高牆與鐵絲網圍住的地方，看起來占地不少。「城市的地價這麼貴，用來做軍事基地真是可惜了。」我說道。從外形上看起來，基地像一座大監獄。戰後，美國人在這裡把守了半個多世紀，感覺雖然不是他們的殖民地，卻也像喪失了主權那樣。作為一個中國人，我清楚地知道韓戰的這段歷史。當年「雄糾糾，氣昂昂，跨過鴨綠江」的志願軍戰士，最終為這場戰爭付出了四十萬生命的代價。而對朝鮮人來說，還有什麼比國家的分裂與對峙更令人痛心疾首的呢？「小時候，大概是我在小學二、三年級的時候，記得那天我像過節那樣穿上了節日的盛裝：白襯衫，藍褲子，還戴著紅領巾，我們手持鮮花和彩旗，和歡迎的人群一起夾道歡迎金日成的到訪，那熱烈的場面好比如今北朝鮮的大型團體操表演那麼壯觀。那時候，我們看過許多北朝鮮電影，感覺在北邊的人很幸福，生活在『將軍』的關懷之下，而在南邊像你們這樣的女生，只能論落到夜總會裡當歌女，還要飽受欺凌，令人感到好辛酸……」她們對我的故事並沒有多少興趣，也許這些離她們大遙遠了，太陌生了，她們感興趣的是消費與時尚。

假期很快結束了，和每個期盼的假期一樣，轉眼就成為了過去，留在心中的是對那座城市的記憶。好像只要去過那裡，就會把它永遠裝在心裡，以便用來勾起回憶或是作為談資。當然，如果在那裡留下過浪漫的情感，那麼，毫無疑問這是人生最美好的時光。雖然飛機下午才起飛，我還是早早就醒了，娜還是睡她的懶覺。沒事做，我就躺在床上看一會電視，看著她在鄰床睡覺的樣子，我不免又想起了順，順她好嗎？沒有我在她的身邊她會過得好嗎？但願如此！順是一個能緊緊抓住我的心的女人，她的外形、舉止和儀態，還有對服裝的品味，她繪畫的技巧都會令我迷醉。儘管她也有令我惶恐的地方，可我的心還是向著她。雖然如此，娜是我的女人，一個我曾經答應她，永遠不會傷害她的女人。

吃過早餐以後已是快中午的時間了，娜又開始幫我打點行李。平時她懶懶散散的，可打點行李卻是個能手，這是因為她常年漂泊的緣故呢還是女人都擅長做這些事呢。看時間差不多了，我們就搭巴士去了仁川機場。時光真是一恍而過，想到告別順的時候還在準備去首爾，現在就到了要告別娜的時候了。我的情緒有點傷感，把娜一個人丟在這個城市裡，每一天她都會感到寂寞的，在她孤寂的時光，我卻將陪伴在她的閨蜜身旁，有時還一起講她的壞話。嗨，難道朋友只是用來講壞話和妒嫉的嗎？在機場大廳裡，我和娜依偎地坐在一起。「我多想和你一起回去。」娜無奈地歎道。「耐心地等幾個月吧。」「要多久？」「三個月、四個月，……半年……一年？」「啊，不能等那麼久，不能那麼久，最多半年吧。」「但願如此！」依依不捨地分離，我很怕這種感覺，趁彼此還沒有傷感的時候，就這樣告別比較好，我又催了她一次，她這才起身，我們在候機室外深情地擁吻了一下，隨後便告別了。

我獨自在候機廳坐了一會，忽然想到要去免稅店買些禮品給順。看著琳琅滿目的化妝品，我有些束手無策，看到店外女售貨員正在推銷一款新品種香水，想必也不會太差，於是，就買了一瓶，又想到順喜歡抽韓國煙，就去買了一條。隨後又一個人找了個人少的地方坐下打瞌睡。

回程的飛機上一個空位也沒有，好不容易爭取到了一個寬暢的座位，卻不料一邊是小孩子不停地哭鬧聲，鄰坐的一個韓國女生，坐下來後便不停地咳嗽。嗨，世事難料，計畫好的事，總會有意想不到的意外出現，所以在戰場上指揮打仗的將軍，指揮才能是一方面，運氣也很重要吧。和鄰坐的女生雖然沒有交流，可緊緊地依坐在一起，一起吃東西，一起瞌睡，連上個廁所也會被驚動，不勉倒有一種夫妻一同出行的感覺。在離飛機回目的地還有兩個小時左右的行程時，鄰坐的女生便開始忙碌起來，她從行李架中取出一隻包，然後從中打開一堆的化妝用品，先是在臉上塗塗擦擦，還不時地發出拍臉的響聲。早餐過後，她便開始做眼部的化妝，耐心而又細緻。我想，在候機室裡一定有她心儀的人在等她吧，精心地打扮只是為了取悅那個人，就像我迷情於順那樣。

一出機場，就又回到了「世俗」，有一大堆的雜事等著自己去做，還有一堆的帳單要付。又想著要和順聯繫，不過猶豫再三，還是沒有急著這麼做。一回來馬上就去找她，會不會讓她感到我很「賤」。和機場裡蜂擁的人群相比，回家後四周一片寂靜，難怪到澳洲旅遊的中國人說，澳洲人好像生活在度假村，而且還是淡季。這裡雖然有漂亮的洋房，美麗的花園，卻一點人氣也沒有，到處是靜悄悄的。比起在中國的居住環境，總是那麼擁擠與噪雜。當然也有它的好處，就是街道上到處是攤位，買東西實在是方便。

第二天一早便去卡市購物，這裡集聚著來自越、緬、寮華人，近年來大陸移民也不少。在停車場剛停下車，一眼就看到理髮店的老闆娘，雖然她才做了母親，顯得年輕又標緻，可她的時光基本上都消耗在了理髮店，一年三百六十五天，恐怕只有在正月新年的日子休息一二天，整年朝九晚七地幹活，這便是她的生活。難道一個好女人的生活就應該是這樣過嗎？和順不同，順沒有為人妻母的打算，為了應對生活，還得在不同的場合和別人幽會，像茶花女那樣生活。可惜我不是阿芒。嗨，可憐的女老闆，為人妻母，還要天天忙著打理生意，唯一的弟弟又是個「偽娘」，總讓別人投來異樣的目光。這裡到處是亞洲食品店和服裝店，水果店的老闆把一箱箱的芒果堆放在過道處，賣服裝的老闆又在過道的另一側的桌面上堆滿了各式胸罩，這一左一右排列式的堆放著，好像胸卓是用來包裝芒果似的。這裡幾乎看不到白種人，是亞洲人的天地。

沒事在家裡看電視，看到求職的節目，還有所謂相親的。求職的，要遭受別人評頭評足，更免不了被人訓示一番。相親的更是赤裸裸地談婚嫁條件，令人感覺是在做現場交易。嗨，在別人「雨夜趕考」之際，自己卻有了那種「棄甲歸田」的願望，猶如黃公望《富春山居圖》裡的寓意那般，人生到頭來似乎又回到了起點。可如今的都市生活，歸田早已成了一種空想，今後離開職場後，又不知怎麼面對生活，但願不要在孤獨與疾病的折磨悲涼的死去。

過了好幾天，才和順取得了聯繫。本以為順的狀況會有所改善，沒想到還未見面就先提出了借錢的要求。我當然明白借的含義。事實上，從開始的相處我就不斷地救濟她，以為幫她度過了難關，她就可以過著比較正常和穩定的生活，當然，時常補貼她一些也是理所當然，畢竟要和她保持一種伴侶關係。可事實上，她總是處在財務危機的漩渦之中，近來就連洗澡的熱水也停供了，租賃公司要把她掃地出門。現在，她不得不找人租下這套房子，自己再以租客的身分和人合租住下去。我難以想像這麼一個一房一廳的居室，放置了家具和雜物後並沒有留下多少空間的地方，加之她的衣物、鞋子又多，本來就有些擁擠的私人空間，又怎麼擠得下另外兩個人和她們的物品。「看來以後只能在賓館裡和你相會。」她這樣告訴我。「不用為我擔心。」我的意思是雖然我為她出了不少錢，但不只是為了性，我是喜歡她，為她付出一些也算不了什麼。當然，長期這樣下去我也是難以承受的。我發現她的情緒比以前更加狂躁，說話時還不由地帶有粗口，我感到有些無以適從。

那以後我和順又見了幾次面，我還是幫她不停地支付各種費用，而且頻率越來越快，我開始拒絕了她的要求。從原來的渴望得到她的資訊到如今我變得害怕看到她的短信。看起來她的生活狀況還在惡化，我勸她回國，與其在這裡掙扎著虛度光陰，還不如趁自己年輕亮麗，早早地找到一個如意郎。看到了我的這種態度，她就停止了和我交往，我也再沒有找過她，我只希望她會交好運，也盼望娜早點歸來……

下星期就要和娜一起去參加順的追悼會。隨後她的遺體將會火化。我真的不忍心去想像這一切，一具美麗、年輕的屍體，就像她平時睡著的樣子，卻要被推進火化爐，熊熊的烈火吞噬一切，然後把她化為灰燼。她的生命來去匆匆，留在人們的記憶中卻永遠是那麼光鮮、亮麗，像一朵綻放的茶花……

阿乙流浪記

一

在縣城近郊的半山坡上有一個大型「宮殿」突兀地展現在人們的眼前，從外表上來看，建築整體和天安門頗為相似，十幾米高的磚紅色牆體令人覺得有一種皇家的氣勢，在一圈漢白玉圍欄的烘托下，建築物顯得格外氣派。在建築物的門前，還矗立著兩座華表，和建築物配合在一起，遠遠望去，和北京紫禁城裡的天門相差無幾。這所酷似宮殿和後面的建築物組成的縣委辦公大樓的主人不是別人，就是那個現任的縣委馬書記。兩年前他還是個副縣長，那時的縣委書記和縣長轟轟烈烈地開進了縣城，不到兩年時間，又同時被調離了。當時在任的馬副縣長連升兩級，做代理縣長不久，便又榮升為縣委書記了。馬縣長對天仰頭長歎：「這天下總算是唯我獨尊了。」對於上司的態度，他向來採取的是六字方針，即：「同意、解釋、表演」。上司的任何計畫和意圖，在聽取了報告後，不管在心裡有多麼不贊同，首先要表示同意，在表明了支持的態度後，然後就要說明方案的合理性和創新性，即便下屬和他一樣有反對意見，最多也只能是私底下發牢騷，一旦回到工作層面上，就要積極配合各方的工作，完成領導的工作意圖。這樣，官位保住了，利益分配自然也有份。在馬書記上任沒多久，就想著要建一幢豪華的辦公大樓。他曾去北京開過會，這天安門城樓的氣勢使他念念不忘，他想著自己為什麼不選一塊風水寶地，仿造天安門城樓那樣，在辦公大樓前，也建一個城樓，那該有多氣派。一想到此，馬書記就激動得睡不好覺，他整天想著，將來等新的辦公大樓建成了，自己每天進進出出，感覺就像從前的皇帝一樣，再招一群三宮六妾，這輩子才算沒有白活。

不久，馬書記就請來了一個風水大師，在縣城裡就近的幾個依山傍水的地方選址，最後選好了一處風水寶地，隨後就開始了他的建設規劃。風水大師還告訴他，他的官運並沒有止步，等這個宮廷一般的建築群建好後，還要在裡面建一個小「銅雀台」，雖然不能像從前的曹操那樣廣選天下美女，但必須「采處」，即只有破了一百個處女之身之後，他的官運才得以享通。為了儘快完成辦公大樓，由於日夜操勞，一天馬書記突然感到胸口不太舒服，很快他就住進了縣城裡的「高幹病房」。當見到一個四十出頭且膚色白皙的女護士為其打點滴時，馬書記就立馬不安分起來，他左手輸者液，右手就故意觸碰她的身體。雖然他明白她並不是很年輕，可此時他卻有一種強烈的慾望，他想掀開她的白大褂，然後透過她的內褲，繼而撫摸她的下體。此刻，慾火燃燒著他，看著女護士面帶笑意，又有幾分成熟女性的姿色，他想著，不管她願不願意，自己一定要讓她屈服，想著就直接把右手伸進了她的白大褂內。女護士開始不情願，可馬書記意念已決，兩人糾纏了一會，那女護士隨後就順從了他，心裡想，雖然吃了點虧，可今後也許就有了靠山，又想到自己的女兒一直苦於找不到工作，他一定可以幫這個忙。馬書記在病床上滿足了獸慾，又想著在這裡多待幾日，畢竟這裡照應得好，又可以滿足情慾。女護士整理了一下衣服和頭髮，就先行離開了。到了晚飯後，有幾個他的手下來拜訪她，又談了一會工程建設的事，就先後告別離開了。在接到他妻子的來電後，他找了個藉口叫她不用過來，隨後，他便躺在床上獨自看了一會電視連續劇。忽然，馬書記感到下體又有了性的慾望，就又把那個護士招來，他讓她停掉了自己的輸液，就急忙地把她抱在懷裡。女護士把自己女兒的事托給了他，馬書記一邊和她親著嘴，心裡卻立刻盤算起她剛才提到過的女兒，並希望她還只是一個處女，他覺得和母女一起搞才叫來勁，他記不起是一部什麼電影，好像是《日瓦戈醫生》，裡面的男主人先是搞了情人，以後又搞了她的女兒，真是太刺激了，正想著出神，女護士卻又嘮叨著為她調動工作的事，馬書記滿口答應了。當晚，馬書記睡在床上，感覺心順氣爽，胸口再也沒有什麼不舒服了。

女護士上午回到家，看到女兒還賴在床上，她似乎沒有了從前的焦慮，而是走到床邊，對她的女兒說道：

「小懶蟲，你每天除了睡懶覺就是逛街打麻將，以後誰來養你？」

她女兒聽了，眨了眨眼睛，也不回答，繼續睡她的懶覺。她昨晚照樣和別人玩牌到凌晨，此時還睡意正濃。

「晶晶，媽托人幫你找了份工作。」

「什麼工作？」她懶懶地問道。

「政府部門的工作，那可是個鐵飯碗啊。」

「什麼政府部門？」她半信半疑。

「過幾天帶你去見個人，以後你就知道了。咳，不知道要為你操心到什麼時候，人家家裡有男人去操心，而你媽命苦啊。」

趁馬書記還在療養院，女護士就帶著她的女兒去見了馬書記。一見到那個花兒般的女孩，馬書記頓時起了淫念，雖然晶晶看上去還只是一個小女孩，可馬書記此時卻想著怎麼把這對母女一起占為己有，雖然女護士在她的女兒面前顯得仍有幾分姿色，可馬書記的心事全都落到了晶晶身上。馬書記答應將吩咐他的秘書解決晶晶的工作問題，同時答應為女護士調動工作。母女倆再三道謝，滿懷喜悅地離開了。

趁著和女護士幽會期間，馬書記不斷地給晶晶零用錢花，一給就是五千、一萬的，還是瞞著女護士的。小女孩哪見過這樣的出手，有次晶晶竟開口向馬書記借十萬元，說是自己要開店做生意，馬書記一口答應，並約她在一家賓館見面。那天晶晶身穿一身緊身衣，推門進了房間。馬書記拿出準備好的錢，又假裝問了她一些生意上的事，剛坐下幾分鐘，看著晶晶略帶稚嫩的神情，他就站了起來，一頭撲向坐在沙發上的晶晶對她狂吻起來。雖然晶晶有些不情願，可她沒有太多的反抗。馬書記又一把把她抱到床上，對她渾身上下狂吻起來，並迫不及待地扒開她的衣褲，又是摸又是親，晶晶只是緊閉眼睛，她希望這個時刻趕快過去。馬書記終於發洩了獸慾，令他感到不快的是晶晶並不是他希望的那樣是第一次。不過此時他又想起了女孩的母親，那肥肥白白的屁股，和小女孩嬌小玲瓏的身體形成了鮮明的對照。

世上沒有不透風的牆，很快女護士就發現了他們的勾當，事已至此，她也沒有辦法，只能勸導女兒。可憐的姑娘，一年之中兩次為其墮胎。為了平息情人護士，不久她就被掉到有線電視臺當文藝部主任。

建築群在日以繼夜地動工，工地上到處是推土機和鏟車，許多人在忙著夯土和搬運石塊。就在離工地二十里地一個村落裡，那裡卻是另外一種場景，那裡土地貧瘠，人口也比較稀疏。在村裡的一所小學坐落在村口的一個空地上，那裡只有兩間破舊的瓦房，視窗沒有窗門，屋裡只是用舊木頭搭建的桌子和桌椅，衣衫襤褸的學生們看起來就像一群小乞丐。雖然村裡只有一個民辦教師，但他一人要教幾個年級的學生和不同的課程，還要為孩子們解決吃飯的問題，這個又做老師又打雜的民辦教師，這輩子最大的心願就是能夠轉正，享受和公職教師一樣的代遇。不過他等了幾十年了，就是沒有這樣的機會，每月領著三、四百元的工資勉強度日，如果能夠轉正，不僅可以有每月上千元的工資，還有資格領到退休金。在民辦小學讀了三年以後，阿乙就不能和其他的學生一樣，去鎮裡繼續讀小學了，小時候他懵懵懂懂不知道是什麼原因，後來他開始有點懂事了，他和別的小朋友不一樣，他屬於「超生兒」，而且他的父母根本沒錢交所謂的「超生費」，這樣一來，他就上不了戶口，成了一個「小黑名」。他開始好像也無所謂，整天在家裡幫著家人到外面放羊和砍柴之類的活，後來他也想和他姐姐一樣去鎮裡讀書，不過學校不能收一個沒有戶口的孩子，像他這樣的「超生兒」，村裡有不少。他的父母也沒有辦法，況且，因為村裡太窮，他們還要離開家鄉，到城裡去打工。

阿乙所在的村落屬於「貧困村」，但是由於種種原因一直申請不到國家的幫扶資金，申請的貧困村太多，幫扶的名額有限，鄉鎮的幹部要「統籌按排」，要那些村幹部拉點關係，走點後門，然後又要等被幫扶的那些村脫貧之後，才能輪到其他的貧困村。可等了一年又一年，還是沒有等到，原因很簡單，那些申請到幫扶資金的貧困村根本不願「脫貧致富」，只要保住「貧困村」的頭銜，就可以長期享有國家的幫扶資金，這一點，農民們並不傻。當年那些「貧困村」申請到幫扶資金，有的村還操辦集體宴席，打出了「熱烈慶祝取得貧困村幫扶資金」等標語。那些沒有取得幫扶資金的村子，他們只能自謀出路了。

不過就算是在學校裡讀書的那些小學生，許多孩子也走上了偷竊的道路，他們家裡的情況也基本相同，就是他們的父母為了謀生，常年在外打工，很少回家。有的家庭還是單親，孩子就更容易閒流在外。孩子們的偷竊行為似乎成了風氣，誰能偷就算誰有本事，有的女生也不列外，也有伸手偷錢包的本領。偷來的錢可以用來買好吃的東西，還可以買煙抽，能偷又能打的男生也會受到學校裡漂亮女生的歡喜。鎮上的中小學裡，幾乎有近一半的男孩子因犯「偷竊罪」被公安機關處理過，大家都習以為常了。到了十三四歲的時候，阿乙也開始跟人出去盜竊了。他跟著幾個同年人一起去了集市，那裡人多事雜，比較容易下手。在一個攤位旁，有不少的人擠在那裡，他很快看見他的一個同夥把手伸進了一個人的口袋裡，然後就掏出了一點錢。阿乙是個新手，還沒有這個膽量和技能。不一會兒，他的同伴不見了，另一個同夥告訴他，那個人跟上了一個目標，和別人一起擠到一輛公車上去了。

初次出去，阿乙什麼也沒有做，他甚至感到這樣拿別人口袋裡的錢，好像有點對不起別人，其實別人也沒有什麼錢，他甚至看到路上有一個女人趴在地上傷心地哭，因為她身上的錢被別人偷走了。那女人邊哭邊向圍觀的人說道，身上的五千元錢被人偷了，這是她一年辛苦打工積蓄下來的，一下子就不見了，連回家探親的路費也沒有了。不過後來他怕同夥說他沒用，也就開始試著動手了。他不敢偷別人口袋裡的錢，只能在小超市裡順手偷一點東西，然後和大家一起分享，他感到很欣慰。有一次阿乙在和同夥一起行竊時，他的兩個同夥被巡視的公安人員抓獲了，阿乙躲在一旁遠遠地看著他們被帶進一個派出所，他感到心慌意亂，那兩個同夥被帶進去後就讓在他們交代自己的行竊行為，他們開始矢口否認自己在盜竊，不過，很快他們就供認了。那兩個同夥被關押了起來，他感到害怕，慶倖自己沒有被抓到，他知道抓進去後要被打的，而且吃的又很糟。於是他每天一個人到處閒逛，有天他看見一個耍猴乞討的人，他手下還有兩個孩子，年齡也和他差不多。他在那裡看了一會兒，只見有兩、三隻猴子在叮叮噹當的敲鑼打鼓的打鬧聲中不停地做著翻筋頭表演，鑼鼓聲一停，兩個衣裳襤褸的孩子就上前向圍觀的人要些錢，別人多少會給一點。阿乙覺得這樣掙錢好一點，不會被人抓起來。他看了一會兒，他想也跟這他們一起，不知道怎麼開口和那個帶隊的人說，看他們是一家人，正在他有點羨慕與發愁之際，路邊的幾個身穿制服的城管人員向正在耍猴的幾個人圍了上來，帶隊耍猴的中年人一看形勢不妙很快就帶著他的孩子，一手牽著猴子快速地離開了人群。阿乙跟著他們走了一段路，他一直跟到他們在一個廢棄的煤礦邊，只見那中年人繫好了那三隻猴子，便獨自躺在一塊水泥板上休息，此時他感到自己有點頭暈，昨天他才剛剛和幾個村裡的人到鎮裡的血站賣了六百毫升的血，每次他會拿到一百多元的「營養費」和幾元錢的路費。為了補貼家用，他已經賣過很多次了。那兩個小孩沒有休息，他們見到阿乙，就和他一起玩了起來。

以前這一帶很熱鬧，每天都有運煤車進進出出，現在這裡的煤礦被廢棄了，因為一起透水事故，非法運營的礦主跑得無影無蹤，那些死去的人的家屬，據說得到了國家每家二十多萬的賠償金，那可是一個礦工一輩子都難以賺到的錢。

休息了一會兒，那中年人醒了，看了看自己的三隻猴子好好的，又看了看他的兩個孩子，發現又多了一個孩子，他似乎多少明白了一點是怎麼回事。他帶的兩個孩子一個是他的兒子叫阿寶，另一個是他的侄子叫阿強，他們早早就棄了學，跟著他到處流浪謀生。

「叫什麼名字」他問道。

「阿乙。」

「為什麼不去上學？」

「上不了學，奶奶說我是個超生兒，沒有戶口，只能待在家裡。我能跟著你們一起嗎，反正我父母也不在我身邊，我喜歡和猴子一起玩。」

「隨便你吧，反正我們吃什麼你也吃什麼，我們睡哪裡你就睡哪裡。」

「那謝謝你了，師傅。」

「不用謝，不用叫我師傅，我沒有什麼本事，只是到處流浪，你叫我四叔吧。」

「好的，四叔。」

看到多了一個玩伴，那兩個孩子也是高興。到了傍晚時分，他們幾個人又來到了鄰鎮，在一個地方歇下後，他們就開始敲鑼打鼓，四叔還是照例玩耍著猴子，很快就迎來了不少的路人來圍觀。大約過了一個小時，天色也慢慢暗了下來，他們一起到了一個橋下，這裡是今晚他們露營的地方。雖然是夏天，可是到了晚上起風的時候，還是感到有一點冷，阿乙只好和一隻猴子睡在一起，這樣他感覺好一點。正當阿乙睡得迷迷糊糊的時候，忽然他被一個人的說話聲驚醒了，原來這時來了個瘋老頭，一個人自言自語地大聲說著胡話，他們幾個人都被這個瘋老頭吵醒了。那瘋老頭在他們的不遠處閒逛，嘴裡不停地說著胡話，忽然又指著阿乙大笑起來，一會兒又對著他們跪下磕頭，弄得他們幾個人哭笑不得。這個瘋老頭整整鬧了一晚，不吃也不喝，到了天亮時才離開。

阿乙跟著四叔他們到處流浪，靠著耍猴掙來的錢維持生計，只是看到別的孩子上學的時候，他的心裡很是難過。不過比起那些靠偷盜為生的孩子，他感到自己還算幸運。過了秋天，四叔帶著他的兒子和侄兒，還有他們的三隻猴子，一起扒火車去外省了，四叔沒有帶上阿乙，他怕別人把他當成人販子，那樣會被抓起來坐牢的。他聽說鄰村的幾個婦女，在販運嬰幼兒的路上被人在火車上抓獲了，那些嬰幼兒不是從醫院偷來的就是在路上拐來的，販子為了掩人耳目，就帶著幾個女人，讓她們帶著孩子一同坐火車出去販賣，因為行蹤可疑，列車上的乘務員就向警方報了案。說起來就連他自己的女人，當初也是拐子拐來賣給他的，那年他的歲數三十好幾了，可還是一個人在家守著幾畝地，他很早就想有個媳婦，可明白自己沒有這個能力，一直沒錢娶媳婦。為了傳宗接代，那年他連湊帶借拿出了七、八千元錢，從販子手裡買來了一個女孩，也就是如今阿寶的母親叫彩雀。那年她才剛剛十五歲，初中沒畢業就輟學在家，她本想和她的哥哥一樣去城裡打工，可她的父母都不同意，這樣年輕就早早外出，外面的世界太複雜，女孩子容易吃虧。在家裡待了兩年，又有好幾戶人家來說親，可她卻不願意，她想自己不該就這樣結婚生子，然後持家操勞一輩子，在這窮地方受一輩子的苦，像她的母親那樣。她想自己應該走出去闖一闖，賺點錢，將來也開個小城市或者一家小餐廳什麼的，她喜歡這樣的謀生方式。她總想著，如果將來自己有了一家小超市，就可以隨便吃自己喜歡的東西，要用什麼自己的店裡就有；或是一家小餐廳，想吃什麼自己就做，還有熟人來來往往，那該有多好啊。於是，她拒絕了別人的好意，走了出去，獨自來到了縣城。她記得小時候來過這裡，以前在路上還可以看到毛驢和羊兒什麼的，現在公路上只有各種各樣的汽車和貨運車，她開始擔心起來，不知道自己應該怎麼才能去找工作做。到了中午時分，她有點疲倦了，便進了一家餐廳。其實這樣的小餐廳正是她自己想要擁有的，她坐下後，點了一碗麵，正當她左看右看之際，忽然在她身邊又坐下了一個女人，這個女人是個人販子，她一打量彩雀，心裡便有了幾分數，她從村裡出來，瘦弱的身材，明顯是發育不良造成的，於是，她和彩雀搭訕起來，又借機說自己的一個親戚開的工廠正要用人。接著，她又打起了電話：「阿慶啊，有個小妹要麻煩你照顧一下，剛出來的，還沒有間過什麼世面，全拜託你了。」當她們吃了飯，一起走出餐廳時後，便就去找人了。彩雀心裡很是高興，她想自己的運氣還真是不錯，碰上了一個陌生人，工作的問題就解決了，是一個什麼木材加工廠，一個月有七八百的收入。到了下午，便有一個司機來接她了。一路上，那司機又不斷地打了好幾個電話，又這裡停停那裡等等的，最後又告訴她，老闆不在工廠，要等一天，司機又幫她找了一個住的地方，連錢也幫她付了，只叫她明天一早便要出發趕路。

第二天早上司機準時接了彩雀，又帶她吃了早點，便向著她什麼也不知道的地方開去了。一路坑坑窪窪地向著偏僻的地方駛去，彩雀有的疑心，這裡像個村子，哪來的工廠，於是她想返回。司機謊稱要先去接另一個人，那個人認識工廠的老闆，彩雀雖然半信半疑，也只好聽從他。沒想到一直折騰到下午，司機最後告訴她要找的那個人才剛剛趕回，明天就可以帶她去工廠做工了。於是，她跟著司機又轉了好長一段路，直到天色快要黑下來時，這時他們來到了一戶人家門口，從外面望進去，裡面昏暗而且破損不堪。聽到機動車聲，屋裡的主人賴氏匆匆地走了出來，此人家裡排行第四，人們又叫他「四叔」。彩雀此時只在車裡聽到司機對他說：「來了，來了，準備好了嗎？」老四從外面向車裡打量了一下，一看裡面正坐著一個年輕丫頭，便立馬回到屋裡，取出一包東西，遞給了司機，又道：「你點一下數，我是剛剛才湊足的。」司機便藉著從屋裡發出的一點弱光，點起了鈔票。大約過了五分鐘的樣子，司機叫彩雀下車進屋，見情形很不對，她便委屈地問道：

「這是什麼地方？」

「進去就知道了。」

司機連拉帶推地把彩雀送進了屋去，隨後就離開了。

這賴氏三十好幾的一個窮光蛋，沒錢娶媳婦一直單生，終於有人販子說只有付上一筆錢，就可以有女人送來，價碼是一萬，最後講價到七千，不能再少了。賴老四湊借了一些，又買掉了幾頭牲口，剛湊足了錢，果然一個女人就這樣送來了，看樣子很年輕，雖然屋裡光線很暗，可她看得出彩雀還很年少，又長得很不錯，自然心裡非常喜歡。一進了屋，便想抱她親她，彩雀極力反抗，吵著叫他放人。老四也知道人家姑娘遠道而來，人生地不熟，這事也急不得，便倒了茶水，哄她先吃了飯再說。老四在桌上放好了事先準備好的幾樣菜，讓她先吃。由於飢餓的緣故，彩雀拿起碗筷，快速地吃了起來。飯後，她便要求回家，並讓他叫回那個司機。老四有點耐不住了，便道：

「這裡便是你的家，你今後要和我一起過。」

「什麼，我是去找工作的，他們騙了我。」彩雀爭辯道。

「這個我不管。」老四又告訴她，這是她花了七千元錢把她買來的，叫她好好跟他過。彩雀聽了又氣又惱，更急著要離開。這下，老四便沉不住氣了，硬把彩雀推倒在床上，可她死活不從。那老四性饑渴太久了，此時早已五臟沸騰，便像餓狼一般撲上去把彩雀按在床上剝掉衣褲，彩雀本就是一個嬌小瘦弱女子，哪裡經得住這種場面，那老四三兩下就把彩雀給施暴了。她失聲痛哭，見她還是個黃花閨女，他又喜又憐，便向她說盡了軟話，表示自己今後會好好待她，決不會虧待她。彩雀哪裡聽得進去，一直哭到第二天天亮。

雖然彩雀時時想著逃跑，可這裡人生地不熟，又一片荒野，沒有車站，看不到郵局，也沒有電話，況且，門又是反鎖的。她本想出來找工作掙點錢，能過上自立的生活，沒想到就這樣被人拐到這個窮鄉僻壤之地，又叫天天不應，叫地地不靈。白天，她在這個黑乎乎破爛不堪的屋裡睡覺，晚上，她要被老四硬著過房事。就這樣，一天又挨一天，轉眼就幾個月的時間過去了。彩雀心裡想著以後慢慢找機會跑出去。見彩雀平靜了下來，她的肚子又漸漸地鼓勵起來了，老四才對她放鬆了看管，又滿心歡喜，這小丫頭不僅做了自己的女人，花了一大筆錢買來的女人，還是給自己傳宗接代的對象，就連豬狗都有自己的下一代，想想自己要不是買來了這個小女人，自己連豬狗的命運都不如。現在好了，自己到了這把年紀，總算有了女人，又會給自己生幾個孩子。到了第二年，彩雀生下了一個兒子，老四自然萬分歡喜，對彩雀更是百依百順。有時彩雀也想，這個男人也許是自己命中註定的，她對自己這麼好，什麼重的體力活都不讓她幹，就是實在太窮了。出於母性的本能，她想，先把孩子帶大一點再說。孩子的出生為這個可憐的家庭帶來了幾分歡樂。彩雀天天忙著帶孩子，做些農活，有時還的上山去撿些生火用的柴。過了幾年，因為家裡實在太窮，幾乎無力撫養孩子，彩雀要外出打工賺錢，為了讓孩子過得好一點，老四最後答應了。不過，從此就再也沒有了她的音訊。老四靠耍猴為生，到處流浪。到了阿寶大了一點，就帶上他一起到處跑。

離開了四叔他們，阿乙無奈又回到了家裡，他的奶奶長年生病，患的又是糖尿病，買不起藥吃，只能把玉米鬚和香蕉皮一起泡水喝，這是村裡治病的土方子。整個鄉里的十幾個村，大約有七八千人，卻只有一個醫療站和兩名工作人員，平時他們要靠翻山越嶺走幾百里山路給農家看病送藥。醫療站和種莊稼的農戶一樣，沒有年輕人肯幹這樣的活，大片的農田荒蕪著。阿乙的爺爺耳聾，平時到地裡幹一些少量的農活，也不怎麼管他，所以他基本上屬於無人看管的孩子，又不用上學。他想去父母打工的城市，在那裡找一份工作。他在家裡等著他們過年回來，然後和他們一起外出打工。雖然他父親答應他過年回來看他，可到時又說買不到回來的火車票，因為每年的「春運」，買火車票的人總是人山人海，車站的顯示牌上總是一片紅燈，想買張回鄉的車票好像比登天還難。不過，票販子手上有票，他們有辦法通過熟人或是車站內部的人搞到不少的票，然後拿出來高價販賣。阿乙的父親當然買不起那些票販子手裡的票，只能看著密密麻麻的人群，搖頭歎氣罷了。他不知道自己的命為什麼這樣苦，在家鄉長年辛勤勞作還是一無所有，家裡的兩畝多地根本養不活全家人，本來他一人外出打工，後來有了阿乙之後，加之他父母年老體邁，於是他不得不帶著自己的妻子一起離開了家鄉。這一走已經是三年了，做的是城市環衛工，一年四季，住的是一間潮濕陰暗的小破屋，每天起早摸黑，辛辛苦苦地幹活，掙得一份很少的工錢。他從一個老實巴交的農民開始對生活抱怨起來，因為他不知道什麼時候是個出頭日，妻子的身體也不好，這個病那個病的，每月還要花上不少的醫藥費。他不希望自己的孩子將來和自己一樣，可事實上他的兒子連個戶口也報不上，上不了學，將來也做不了什麼工，在家務農根本無法養活自己，更不用說娶妻生子了。他有點後悔自己當初為了有一個兒子，硬是生了第二胎，結果弄成現在這個樣子。他感到很無奈，離開了兒女，帶著妻子在外每天起早摸黑地辛苦打工，過著勉強維持生計的日子。

二

馬書記上任兩年以後，這個耗盡無數錢財的一個山寨版的天安門城樓和圍繞著城樓的一幢幢高樓建築群終於完工了。整個主體建築挑簷斗拱，匠心獨具。所有屋脊之上，都有巨龍盤踞，龍頭之下，吼獸、猴子、雄雞等脊獸顯得非常醒目。馬書記匆匆地拜了山神之後，就急急忙忙地遷入了這座別具一格的辦公大樓，不過一直縈繞在他心頭的還有兩件事，其一是「采處」，這件事想起來就令他欣喜，既可以得到無數的男女之歡，而且都是少女，如同從前皇上的「選秀」，又可以保佑自己官場暢通，真可謂是一舉兩得。還有一件縈繞在他心頭多年的事就是怎樣儘快除掉「糟糠」這個累贅，由於她的存在，自己做什麼事都得偷偷摸摸，而且還要防止她的翻臉。他想好了，人生苦短，做什麼事就要抓緊時間，不能拖拖拉拉，於是，他一方面開始命令下級到處找處女帶進宮，另一方面，他開始醞釀策劃一起車禍，除掉他這個名存實亡的老婆。他先把他的兩個兒子都送出了國，然後就等待機會下手。他老婆雖然覺得自己的男人變了許多，生活上也很不檢點，不過她想那是官場上的風氣，哪個當官的不是三妻六妾，不過她萬萬沒想到，他的男人正在想法子除掉她而後快。

阿乙在家冷冷清清地又過了兩年，他心裡開始怨恨起自己的父母，既然不管自己，又為什麼要把自己生出來，買不到火車票回來，為什麼不能像耍猴的四叔那樣扒火車回來，哪怕是乞討流浪，也要帶上自己的孩子。過年後不久，阿乙就想著自己扒火車去父母打工的那個城市尋找他的父母。不久，阿乙終於發現了一輛可以從河南到陝西的火車，他知道他的父母在西安打工，他想先到陝西，然後再去西安城。

阿乙在袋裡裝著幾個大饅頭，帶上了一大瓶水，還有一點硬幣和小額紙票，那是他過年時候大人們零零碎碎給的「壓歲錢」，加起來也有好幾十元。就這樣，阿乙獨自來到了鐵軌邊，又等到了貨運的火車，於是他和另外的幾個陌生人一起，在一節空出的露天車廂裡，聚在一起出發了。和他同扒一輛運貨火車的也是幾個河南人，兩個三四十歲的青年人和一個和他差不多年歲的孩子，他們隨身還帶了不少的工具，他不明白他們去那裡幹什麼。不過，很快他們就告訴他，他們是去那裡盜墓的，幹那個很賺錢，他們要他一起幹，到時也分錢給他。阿乙不知道盜墓是怎麼回事，不過聽那幾個人說幹那行業很賺錢，從墓裡挖出來的東西，有的隨隨便便就能出手幾十萬，要是到了拍賣會上，那價錢就更高了。不少的人也因為倒賣文物，發了大財。就連那些造假的，通過打點關係，弄出幾張假證明，也發了大財。聽了他們一路上的那些言語，阿乙似乎也不急著找自己的父母了，他知道賺錢比什麼都重要，像村裡的那些靠偷盜為生的方法，遲早是會被抓進去判刑的，就是像四叔他們那樣流浪耍猴，也是居無定所，而且吃了上頓沒有下頓。現在他看到了一絲希望，他也知道那墓地裡挖出來的東西值錢，他不明白那些東西為什麼會賣得這麼貴，到底有什麼用，不過他還是打定注意，跟著他們一起去盜墓。

下了火車之後，阿乙跟著他們來到了一個鐵礦，馮某和朱某兩人本來在這個礦裡打工，施工時聽說好像挖到了古墓，小時候馮某就跟家人一起參與過盜墓活動，他知道一點盜墓的過程。他們提著鏟、鎬、繩子和電筒這些工具在那裡勘察，他們讓阿乙和另一個叫阿丙的孩子分頭望風，他們在鐵礦邊的農田裡到處用帶來的可以伸縮鏟插入土中勘察，古坑都是有磚的，不同年代的磚及泥都不同，鐵杆插下去再拔出來時，尖頭會帶出來泥土或是磚末，通過這些就能初步判斷此處值不值得挖。接下來就是要判斷古墓的大小，先確定一個點後，便同時在四周插地勘察，劃出大致的範圍。

踩了點以後，馮某就帶著他們幾個人，準備好了幾個裝有各種工具的麻袋，到了凌晨時分，再回到現場開挖了。阿乙和阿丙分頭望風，馮某和朱某在事先定好的位置開始動手了。他們小心地挖著，望風的阿乙感到害怕，他怕挖出來的死人，也怕會有鬼，他只是不停地渾身打著顫。挖的人也是既驚慌又興奮，他們怕出事，也怕被巡邏的人抓到，但是如果挖出什麼值錢的古董，就可以發財了。兩三個小時後，大概挖了兩米多深，坑不大，能容一個人爬下去，不久他們真的發現了一個銅鏡，收好後又繼續挖。接著又挖出來一大一小兩個陶罐，估計是很久以前的東西。到了天快亮時，他們蓋好了洞口就離開了，準備下次再挖。第二天他們就把到手的文物賣給了文物販子，三、四萬元的錢一下子就這麼到手了。阿乙也分到了兩千元錢，他拿著錢，心裡狂喜不已，整個身體也在發抖，他從小到大，從來沒有摸過這麼多的錢，而且來的這麼容易。馮某拿到了錢，花錢也開始闊綽起來，經常和人酗酒賭錢，找機會就帶人出去盜墓，有時沒有古墓可盜，就開始盜別人家的私墓，弄點金銀財寶。

那次他受了別人的一筆定金，別人要他去搞到一具女屍用來配陰婚，他要在「清明節」之前交貨。馮某在醫院看好了「貨」，那女子得力重病還在醫院搶救，雖然她的繼母王氏貪財答應他一旦女兒斷氣就把她的屍體賣給他。馮某等來等去就是等不到，好像那病人有感知似的，雖然神智不清，她繼母也天天去醫院等她的死訊，醫院先後發了三次病危通知，可她就是拖著不死。又過了幾天，該女子終因心臟衰竭而不治身亡。馮某得到消息，正興奮地開著他改裝的機動三輪車趕去醫院拉屍，誰知王氏突然改主意不賣了，這下可急壞了馮某，他和王氏好說歹說，說是女屍將婚配給姓顧的一家死去的兒子，人家還是一個獨生兒，因一起車禍不幸喪身。如果她女兒嫁了過去，葬禮婚禮一起辦，風風光光也對得起她死去的女兒。可王氏聽了卻不為所動，區區五千元就想買她的女兒，自己辛辛苦苦把她養這麼大，還沒收到什麼彩禮，光醫藥費就花去了好幾萬，幸虧遇上了殯葬公司的人，人家答應給她支付兩萬元，於是王氏就又答應了人家，除非馮某出更高的價錢。可馮某只受了「鬼媒婆」一萬元，再多付幾千的話他就無利可圖了。那王氏本以為女兒一死，還得花費一筆喪葬費，沒想到女兒死後還可以用她的屍體賺上一筆。這不，先是馮某出價五千，這回又有人出價兩萬，都是為陰婚配新娘。那殯葬公司除了找對象給需要的人家配陰婚，平時也不會做吃虧的買賣，他們在各家醫院打聽到消息，趁病人還未死之前，就和病人家屬談好了病人的後事，由他們做一切代理，什麼壽衣、運屍、保存、骨灰盒、花圈、追悼會乃至火化等一系列服務應有盡有。雖然價格不菲，可因死者家屬大都沉浸在極度的悲傷之中，也無心和人討價還價，這樣，殯葬公司的生意做的紅火，殯儀館火化的屍源和喪葬的銷售服務就有殯葬公司忙頭忙尾地解決了。

　　馮某天天為屍體的事急得焦頭爛額，沒想到這筆到手的生意意外丟了，而「鬼媒婆」這邊催得又急，那顧家兒子的屍體再不下葬就要腐爛了。馮某急得沒法子，一時半會又找不到合適的屍源，又不想放棄這到手的生意，於是，他只能趁著黑夜，到郊外墓地盜屍去了。他獨自一人準備好了做案工具，在一個風高月黑之夜，開著他的機動車來到了一片墓地。雖然他幹過盜墓販屍買賣，膽子也不算小，可獨自盜墓挖屍還是頭一回，。為了避免機動車的響聲引起別人的注意，他只能把車停得離墓地遠遠的，一個人提著麻袋裡的工具，鬼鬼祟祟地向著墳場走去。心裡嘀咕著：「那具被我挖到的女屍，今晚要交好運了，你可千萬不要弄點什麼鬼花招把我嚇死，我也是替你配親，總比你一個人孤零零地躺在地下要好吧，就連我這個活人還沒有娶親的福份呢……」他邊打著手電筒邊走著，突然就在墓地中看到一個墓碑，上面有張年輕女人的照片，他一陣興奮，沒想到這麼容易就找到了，再看年份，是上個月才下葬的。於是，他就立刻動起了手。差不多挖了一米多深，就看見了一個棺材，當他跳下去準備打開棺蓋時，突然周圍發出了響聲，他一看不妙正想拔腿就跑，可沒跑幾步就被一群村民團團圍住，就再他一個人偷偷摸摸挖地時，正值路過的一個村民被眼前的影子嚇壞了，只見遠處有微光閃亮，又有人影晃動，便以為自己一定是遇上野鬼出遊了，於是就急忙跑回村裡叫人一起看個究竟。當圍堵的村民發現居然是個盜墓的，就一起鬨上去用手中的鐵鍬、木棍把他圍住毒打了一頓。別人不知道他想盜屍，只以為他生活落魄的小偷想撬棺偷些值錢的東西。馮某被打的半死不活，並向村民保證不敢再犯，別人才饒他一命。

買屍不成偷屍也不成，先是生意黃了，這次又被人打得頭破血流，姓馮的有點氣急敗壞了。他剛回到家裡，媒婆王氏又來催貨了，並告知他：

「只給最後三天，再弄不到女屍人家的男屍就要下葬了，日子選好了在清明那天，到時事辦不成這訂金一分不少地全部給退還。」

「放心、放心，不出三日，一定交貨，等著吧，有具既年輕又新鮮，而且還沒有什麼病。」他保證道。

「也是死於車禍的？這下總算配上對了，不要像上次那樣又被人耍了。」媒婆說道。

「這次黃不了，要不是近來揹運，到手的錢財像是煮熟的鴨子飛跑了。幸虧又有了新的來源。」他撒謊道。

「又有哪家醫院的門路被你打通了，也不早點透點風聲，害的我老婆子天天為這事揪著心呢，常言道，受人錢財，替人消災，是不是？」媒婆念叨。

「醫院的貨不好弄，有人搶著呢，我是另托人辨的，是一年輕女子，貨很新鮮。」他又胡亂地說道。

「現在的醫院也不比從前了，除了看病難，藥價貴，送了紅包陪笑臉不算，更有出售胎盤的，還有手術時被偷摘內臟的，之於販屍的，倒賣嬰兒的也時有發生。」媒婆侃侃說道。

馮某早把人家的定金揮霍一空，他當晚就準備動手，明天一早就交貨。可他明白，殺人的事非同小可，查出來是要被送去槍斃的，再說了，就為了這區區幾千元，也不值去犯這事，這白刀子進紅刀子出的，場面也是夠血腥的。不過如果去殺一個婊子，也就算不了什麼，反正她們整天也是有家不歸，盡做一些騙取男人錢財的勾當，殺了一個，也算是為民除害。不過想來想去，總覺不妥，可到手的買賣也不能就這樣吹了，還不如出去看看再說，沒准路上就能撿到一具女屍，最好是遇上一起交通肇事逃逸的，被撞的又是一個年輕女人，管她有沒有斷氣，弄死了就讓媒婆來取貨。他胡思亂想了一通，就去了一家夜總會，上了樓剛一坐下，就有一個塗脂抹粉的小姐迎向他搭訕起來。

「這位大哥一個人光臨，小妹鳳霞陪你喝一杯吧。」說著就坐到了他的旁邊。

「好吧。」他看了她一眼，覺得她有幾分姿色。心想：「來了個送死的。」

「要點什麼呢，大哥？」她笑著問道。

「你看著辦吧。」他道。

「真爽，那我就幫你點酒了。」她拿起價目單說道。

馮某和她聊了一會，看起來他們說得還蠻投機的，最後他說道：

「今晚我想帶你出去，咱們找個地方好好玩玩怎麼樣？」

「真的？整天在這裡坐台悶死了。」

鳳霞向老闆請了假，就騎上了他的摩托車跟他出去了。她並不知道他要把她帶到哪裡去，她想應該是哪個賓館，男人嗎，喝了點酒，無非就是要做那種事情，當然每次她會收取一定的費用。開了沒多久，他就把她帶到了一個偏僻處，此時她感到有點不對勁，就問他要去哪裡。他停下車，又轉向她，惡狠狠地對她說道：

「把身上所有的錢都交出來。」

「好的，好的，全給你，但你不要傷害我，」她驚慌地說道，意識到自己今天遇到了歹徒，便交出了身上的錢包。

他拿過錢包，匆匆地看了一眼，覺得沒有多少錢，又對她說道：

「躺下。」

她愣愣地看了他一眼。

「快躺下聽見沒有。」他兇狠地命令道。

鳳霞一下沒了主意，儘管她平時天天跟不同的男人打交道，有討價還價的，卻從來沒有遇到過這樣的脅迫。她只是聽從了他的要求，心想：「這種爛男人，沒本事掙錢，只會專門欺負弱女子。」

「現在你可以放我走了吧。」完事以後，她這樣問道。

「跟我回去，今晚和我過，明天你才可以回去。」他又用命令的口吻說道。

「你錢也拿了，愛也做了，你還想要怎麼樣？」她憤怒起來，正準備強行離開。

馮某也急了，又一把把她按倒在地，她拼命反抗，他又緊緊地掐住她的脖子不放。她掙扎了片刻，很快就斷了氣。他把她放在摩托車前，然後駕著就直徑地開了回去。回到住處，他把她身上的衣服全部托去，用事先準備好的一丈花布把屍體裹好，再搬上他的機動三輪車就直接王媒婆交貨了。那王氏也知道事不宜遲，連夜就帶著馮某去顧家交貨了。

辜家對著屍體看了一眼，覺得女屍白淨亮麗，就非常滿意地接受了。

「這女屍的來源不會是犯法的吧。」辜家的人有點擔心地問道。

話音剛落，媒婆就從她的懷裡取出了兩份證明書，一份是死者的醫學死亡證明，另一份是死者家屬的委託書，並一同交給了辜家。這下，辜家的人放心了，雖然他們的兒子不幸身亡，但死後還能辦上陰婚，也算是個安慰。交了屍體，媒婆收了錢，就和馮某興沖沖地離開了。隨後辜家又把女屍移入到那口裝有他家兒子屍體的雙人棺材中，看著那具面貌姣好的女屍，再看看自家兒子的屍體，好像一對熟睡的新人，不免觸景生悲，要是自家的兒子那天沒有出車禍，娶來的新娘一定會是這麼漂亮。辜家夫婦不免又大哭一場，才依依不捨地封上棺蓋，接著就忙羅起婚事和喪事。到了清明節上午，請來哭喪的一對男女身穿新人服裝，替死者拜了天地與父母，辜家夫婦面對此景泣不成聲。婚禮之後，辜家請來的花車隊先行出場，緊跟其後的便是嗩吶隊、腰鼓隊、高蹺隊，沿途還有高高搭起的拱門，上面寫有「沉痛悼念」和「百年相好」等字樣，所經之處，鑼鼓喧天，鞭炮齊鳴。最後到了下葬的墓地，那幾個替人哭喪的人早已等在那裡，身穿喪服，一到棺材下葬時，他們便撲到在地，頓時哭天喊地起來，氣氛一下子到了高潮，在場出殯之人無不為之感染悲戚。

幾個月後，公安人員幾經努力，終於破獲了這起人命案。根據馮某交代，公安人員帶著馮某，聯繫了辜家，又去他家兒子的墓地開棺取證。最後確認，棺內的女屍，真是被馮謀殺害的年僅二十五歲的金鳳霞。

自從阿乙才離開那夥盜墓人，就又獨自去西安找他的父母了。他只知道他的父母在這座城市裡幹環衛，於是他每天一條街一條街地找，但他並沒有找到他們，他身上的錢已經用得差不多了，他不知道下一步該怎麼辦。這天天上有些陰雨，阿乙真餓著肚子，他想實在不行只能再冒險偷一次了，他不由地在路上尋找下手的目標。此時，在他的眼前發生了驚人的一幕，只見一個男人，突然向著一輛小轎車迎頭撞去，那司機還沒有反應過來，只見那男人忽然就倒在了小車前，接著就又很痛苦的樣子，和驚慌失措的司機開始了討價還價起來。他知道這叫「碰瓷」，有人專門靠這個吃飯，雖然也有危險，不過大多數情況下，一般司機由於害怕，都會拿出一些錢來，息事寧人。

又到了一個路口，阿乙已經感到非常地餓了，他幾乎一點力氣也沒有了，他的身體在發軟，頭也是暈乎乎的。他下了地鐵站，他想在人群中找目票動手，正巧他看見一個女人在給她的孩子買東西吃，當那女人拉著孩子趕路時，阿乙從孩子的身邊蹭過，就把孩子的手裡的麵包弄到了地上，那女人往地上看了一眼，就又扭頭走了，嘴裡只是責怪了孩子一聲。阿乙也顧不得什麼了，沒等他們走遠，他就撿起了地上的麵包，大口地邊走邊吃了起來。他又在廁所裡喝了幾口涼水，隨後就又尋找起其他目標來。

在往地鐵車廂裡擠的那一刻，阿乙把手伸進了一個女人小包裡，好像摸到了一些紙幣，他很快就挪了出來。那女人邊擠邊聽著耳麥，什麼也沒有感覺到。此刻車廂裡並不擁擠，阿乙很快在車廂裡站好，他的心還在發慌，他希望那女人在他下車前什麼也沒有發現。不過他明白，他有錢花了，他希望自己摸到的紙幣是大票面的，最好是百元大鈔的面額。憑他的感覺，應該有千把元，夠他過好些日子了。阿乙很快在車廂的另一個門口站著，他想到了下一站就下車，他誰也不看，只是心裡有點著急。正在此時，卻意外地過來了一個年幼的乞討女孩，只見她挨個地乞討，要是有人不願給她，她就立馬死死地抱住別人的小腿，任憑別人怎樣對她，她就是死不鬆手，直到別人拿出一元的硬幣給她為止。有人見狀，還未等她靠近，就先給了她一元錢。此時阿乙慌了，他知道自己身上沒有零錢，如果他不給錢，小女孩照樣會過來死死地抱住他的一隻腳。趁女孩正抱著別人的腳的時候，他向著她行動的反方向快快地走開了，等到車門一開就馬上離開了。

一下車，他又找了個廁所間，也不顧裡面的氣味，在一個馬桶間裡拿出錢，數了起來。正如他感覺的那樣，手裡的錢不多不少，整整一千元，此時，他心裡感到一陣快意，又想了想那個女孩，在心裡對她說了聲「對不住」。混出了車站後，他明白，雖然身上有錢，但很快就會花完的，自己再找不到父母，就必須去找一份工做，什麼都可以做，就是不要再去偷了。看到路上有人在撿紙版和塑膠瓶，而且地上到處都是，於是，阿乙也就弄了一個麻袋，開始了以撿破爛為生的行列。一天，他被兩個同樣撿破爛的人打了一頓，人家用方言警告他，不要在附近亂撿東西。後來他明白了，原來那些撿破爛的，看起來各撿個的，到了晚上也集中在一個區域睡覺，不過他們各自有自己的領地，不許別人來搶佔他們的地盤。阿乙沒有辦法，只能偷偷摸摸地在別人的地盤裡撿廢紙和塑膠瓶，到時專門有人開著一輛破車來收購。這樣下來，好像一天吃飯的錢也不成問題。阿乙不久也有了自己的領地，別的撿破爛的也拿他沒辦法，畢竟，有的也有些年紀了，而且混熟後別人也不怎麼排擠他了。有天傍晚，他看見一個叫老邱的老頭正圍著一個衣衫襤褸的中年婦女打轉，那女人獨自坐在角落裡的一節臺階上，此時見老邱和她閒聊了幾句，那女人看起來也沒有什麼反應，好像精神有點不正常。只見老邱坐到了她的身邊，接著就開始撥開她的上身衣服，然後他趴下身體，又弄掉了那女人的褲子。老邱很快脫下了自己的褲子，此時，雖然有幾個路人過來圍觀，不過老邱也顧不得什麼了，照樣用身體壓在那個女人的身上，然後就和她性交了。完事以後，老邱穿好了衣服，只見那女的手裡拿著自己的衣服，坐在那裡傻笑。老邱幫她穿好了衣服，就滿意地離開了。

那晚阿乙和幾個撿破爛的一起正睡在一座橋下，突然來了一群城管的人，把他們統統趕走，不許他們睡在那裡。阿乙沒有辦法，提著自己的行李，去了一家二十四小時營業的速食店，在那裡買了一份吃的，然後就坐到幾個人群中，抬頭看著牆角上的電視機裡播放的節目。此時電視裡正播放著中國的探月工程節目，大家饒有興致地看著月亮車下降到月球表面的場景，接下來是一則礦區的救援現場，主持人正報導著救援的情況，有人幸運逃生了，有的還在地下，地面上的施救人員正在積極組織救援方案，用生命探測儀尋找被困人員。隨後又播放著因霧霾天氣造成的多起交通事故，接著是一個警方懸賞的報導，畫面上是兩個騎著摩托車的人，他們在光天化日之下搶劫了一名四歲的女童，當時她正在路邊和自己的哥哥玩，警方懸賞十萬元給提供線索的人。阿乙看著，心想要是自己能提供什麼線索就發財了，他也為這個小女孩感動可憐，他不知道搶女孩到底要幹什麼。阿乙吃完了東西，就在一個角落裡休息起來。不一會兒，他被一陣美妙的歌聲吸引住了，那是一個漂亮的女歌星，正穿著華麗的蒙古族服裝，在絢麗畫面的襯托下，動聽地唱著從上世紀五十年代傳唱至今的頌歌：

從草原來到天安門廣場
高舉金杯把讚歌唱
感謝偉大的共產黨
祝福毛主席萬壽無疆
英雄的祖國屹立在東方

像初生的太陽光芒萬丈
各族人們歡聚一堂
慶祝我們的翻身解放

一覺睡醒後，電視裡還在播新聞，正報導著一起在公車上的縱火案，有人在車上縱火，十七個乘客被燒死，車上其他的幾十個人被不同程度燒傷，被送去醫院救治。嫌疑人已經被警方逮捕。阿乙看了新聞後，歎了一口氣，想到自己上次搭公車，看到一個女孩橫坐在車位上，一人就占了三個座位。他就在離女孩最遠的位置上剛坐下，那女孩就生氣地用腳踢他，於是他們吵了起來。這裡正吵鬧著，那裡就有人和司機爭吵起來。原因是半路上有人讓公交司機停車，因為車還沒到站，司機就沒有理會，那人也不甘休，堅持要讓司機停車，發生了爭執後，結果那乘客就拿手中的雨傘對著司機一陣猛打，為了安全，司機忍痛將車靠邊停下，車上的乘客在一陣慌亂之後，才報了警把那人帶走。阿乙又迷迷糊糊地打起了瞌睡，醒來後見天色已經發亮，就離開店裡出去了。時間還早，路上沒有什麼行人，可他忽然看到地上的一個窨井蓋在動，他感到有點奇怪，接著就看見一個老太從下面爬了出來，移動好蓋後就踉踉蹌蹌地離開了。等那老太走遠了，阿乙就打開了那個窨井蓋，朝下面一看，空間還正不小，看到裡面還放著被子和食品，他覺得這個老太婆真行，這裡比橋下好過多了，還能遮風擋雨。於是，在不遠處，他也找到了一個，還留下了自己的記號。當晚買掉了自己撿的幾百隻塑膠瓶後，就想到攤位上吃點東西，看到香噴噴的肉，想到自己好幾天沒有吃過肉了，就想花五塊錢吃一碗牛肉丸麵。當他付了一張二十元面額的紙幣後，那個收錢的女人查看了一下後，堅持認為那是一張假幣，阿乙沒辦法，又掏出另一張同樣面額的錢，付了錢，心裡想著等一下馬上就把那張假幣用了。等 面端上來後，他就很快地吃了起來。可他也不知道，這牛肉丸根本不是什麼牛肉末做的，只是用大豆蛋白粉和牛肉精混合做成的，吃起來口味還真有點像。阿乙吃完後，就回到了那個窨井蓋下，捲曲著身體，倒頭就睡。

這天阿乙正走到一片新建的工地，那裡還有一些還沒有被拆遷的舊房子，不過周圍的房子好像都被拆了，那些沒有被拆的看上去有些孤零零的，四周一片瓦礫，亂哄哄的。阿乙想裡面是不是有什麼東西可以撿，工地上時常有許多用過的水泥袋，還有許多丟棄的飲料瓶子。忽然看到前面好像有人在爭吵，走近一看還有人打出「冤」的橫幅，他想看個究竟，只見有人在大聲吵鬧，還不停地喊著「冤」、「謊言」、「暴力」、「強拆」什麼的，周圍圍著不少的人，還有幾個穿制服的人。此時，阿乙正想著離開那裡，到別的地方去，忽然間，他看到了可怕的一幕，有人站在一個房頂上，忽然間有一個人全身著火了，他一邊不停地揮動著著火的手臂，一邊口裡高喊著什麼，現場頓時一片混亂。阿乙從來沒有見過這樣的場面，心想，還以為只有自己可憐，沒有房子住，最後要住到窨井裡去睡，沒想到有房子的人也會鬧成這個樣子，還要用「自焚」的手段來抗議。

轉眼到了雨季，天也慢慢地涼快了起來，冷飲罐明顯比夏天少了很多，回到睡覺的地方，又不斷地積水，他不得不離開了那裡。路上有好幾處鐵鑄窨井蓋都不見了，好像是被人搬走當廢鐵去回收站賣了。臨走時，他也順手搬走了一個，挪到了回收站，換了幾元錢。他感到有些迷茫，可以賣錢的東西現在很難撿了，睡覺的地也沒了，那些撿破爛的人也消逝得無影無蹤，有人到了冬季，基本上是靠小偷小摸過日子。他本來並不知道城市裡還會有這樣的人群，以為只有像他們那樣的「貧困村」裡的人才會那樣生活，他不知道他的父母到底在哪裡，他們生活的是不是和自己的狀況一樣，他心裡感到很難過。

外面天天下大雨，地面到處積水，有的地方積水有一尺多高。此時，外面的行人並不多，只有車輛，淌著水慢慢地行使著。住在地下室的女孩雯雯在房裡已經不能待下去了，沒有辦法，她只能在積水中緩慢地行走，她出門沒多久，就腳一個踏空，整個身子從窨井中滑了下去，從此就消失得無影無蹤。人們害怕極了，再不敢在積水中行走了，許多地方的窨井都沒有蓋子，一旦踏空，就連屍體也找不到了。到了幾天以後，雯雯的屍體才在一個水壩旁被人發現，她才二十一歲，剛剛念完專校。說起這雯雯這個女孩也是命運多舛，小時候在農村家鄉讀小學時，在鄰居家玩，因為父母不在身邊，也是外出打工去了，就丟下她一人在家，和自己的奶奶在一起。鄰家的好幾個閒在家裡老頭，常常把她弄到床上性侵，她也不知道是怎麼回事，直到肚子被弄大了也不知道是誰弄的。為了追凶，她奶奶一氣之下讓雯雯把那個孩子生下來，再讓公安機關去調查。長大以後，她就要向外人隱瞞自己的這段經歷。到了她上高中的時候，因為一次意外，身體裡的脾臟損壞了，後來到了醫院去做手術，她怎麼也不會想到，只因那次手術，她的一隻腎被人摘走了，她什麼也不知道，直到進專校體檢時，才發現自己的這個情況，雖然報了警，因為過了好幾年，醫院裡的人員流動大，此時已經無法再做調查。沒想到畢業後還未找到一份工作，就這樣糊裡糊塗地命喪黃泉了。

三

接到馬書記的旨意，下面的人為他「進貢」處女，說實話現在到外面找成年處女不好找，更何況還要找一百個。他們絞盡腦汁，最後想到了去學校找，只要先打通學校的一個校長，在學生中處女好找，校長肯出面，每次帶幾個女學生出去，一段時間下來這事就幹成了。雷鎮長很快找到了一個小學的劉校長，說明了來意，他們一拍即合，於是，每過一段時期，這幾個官員出生的成年人就堂而皇之的帶著幾個女學生模樣的孩子進入賓館開房。

至於殺妻的事，他醞釀著需要製造一起嚴重的交通事故，而且要做得天衣無縫。為了這次行動，馬書記模擬了幾個草案。他開始還有些思想鬥爭，可一見到他妻子老去的模樣，再看看自己身邊的年輕女人，他感到自己實在是受不了他妻子現在的「鬼樣」。為了說服手下，他說自己這樣做也是迫不得已，因為他妻子手裡掌握了他的許多材料，並揚言，如果他要離婚，她就去告他，弄個魚死網破。所以，殺她也是萬不得已。當然，製造一起車禍是最好的一種選擇，但必須是一次成功，如果未遂，以後就很難再下手了。為了確保成功，他手下的人策劃好在她開的車底廂還要裝上一棵可以引爆的炸彈。

這天上午，暗殺的行動開始了，馬書記在他的山寨天安門城樓裡焦急不安中等待著消息。他回憶起和他妻子剛剛結婚的那個歲月，那時他才三十出頭，還是一個幾乎是一無所有的人，可是她並沒有嫌棄他，也沒有像其他女人那樣總喜歡和別人比，她只是認為憑自己的勞動，生活總會過得去的。他感到她的心底善良，就和她成了親。自從和她結婚以後，他的官運就變得順暢起來，從一個從一個小小的鎮幹部一路升遷，先是做了副鎮長，幾年後就又做了鎮長，後來又調入縣裡做理事和副縣長，就連自己也沒有想到，如今他似一方土皇帝，還建起了自己的行宮。這一切，自己的這個妻子也算是「旺夫」之命，如果這些年沒有她的任勞任怨，自己的仕途也不會這麼順風順水。他感到如今自己到了非要除掉她不可的地步，也是出於無奈，現在自己這麼有權勢，年齡又五十好幾了，不能枉費了自己的一生，人的生命是短暫的，官場上就更加如此了。

到了中午時分，手下的人終於來報告消息了。

「怎麼樣？」一見手下，他就驚慌地問道。

「在中山環路上，發生了一切嚴重的車禍，不幸的是車裡的陸夫人喪身了，事發現場好像還出現了爆炸的情況。」他的下屬裝腔作勢地向他報告。

「廢物！」他打了他手下一個耳光，「車怎麼會爆炸的，叫人馬上封鎖現場，並澈底把事情弄得乾乾淨淨。」

手下捂了捂自己被打的臉，心想，這下好了，被打後就會馬上升遷，這是慣例。於是，他繼續說道：「派出去的人正是這樣做的，現在現場已經清理乾淨，就是一起再普通不過的交通事故。」

馬書記聽了且悲且喜，他含著眼淚又說道：「辛苦你們了，我會節哀順變的，再去現場指揮一下，不要有什麼疏忽的細節。你的職位我會儘快幫你重新安排的，人總不能老是原地踏步踏。」

手下領了命，滿懷喜悅地走了。

馬書記此時站在城樓上，眼觀遠方，他想著，自己這輩子註定是要成就一番大業的，也算上對得起祖宗，下對得起子孫後代。又想著怎樣為自己的妻子舉辦一個隆重的葬禮，也算對得起他們夫妻一場。

阿乙已經在外漂流了一年多了，他看上去成熟了許多。在他身上透露出那種江湖老道的氣質，顯然和他的年齡不相符。這年他跟人一起扒火車，經過了一天一夜，來到了南方的一個城市。他覺得自己不能再這樣流浪下去了，應該去一個工廠找一個正式的工作。找工作是要有身份證的，於是他在一個小街上，找到了那些五花八門的小廣告，有辦各種證件的，有替人看各種疑難雜症病的，有做各種制服的，還有什麼收購各種古玩的應有盡有。阿乙記下了一則辦證刻公章的小廣告，又匆匆地吃了一碗麵，就聯繫上了那個辦證的人。在路邊等了一會兒，突然來了一個中年婦女，他們談了一會兒，那女的就把他領到了一個地方，給他拍了張照，讓他等著。果然沒過多久，一張身份證件就搞好了，上面有他的照片和名字，還有虛假的出生年月，他太高興了，有了這個證件，他可以去找工作了，有了錢和證件，就可以買火車票，可以找旅館住宿了。阿乙付了錢，就興沖沖地去外面找工作了。

阿乙向人打聽著有大工廠的地方，然後他就獨自一人邊走邊找，到了工廠外，看到確實外面也有人在找工，阿乙就跟了進去，一個工廠裡的人叫他們一起集中到一個地方，交上了身份證，又填寫了表格，第二天，他就正式進車間在一個流水線上開始工作了。工作是在一個封閉式的廠區，平時不可以隨便進出，每天除了白天上班，晚上還要加班工作。日復一日，除了吃飯睡覺，就是在車間裡白天黑夜的幹活，週末也要加班，沒有休息。阿乙畢竟流浪慣了，哪能經得住這樣長時間的高強度勞動，一不小心還要被人斥罵。他感到這裡根本不像是一個工廠，簡直是一個監獄，自己每天像個罪犯一樣沒有自由，自己的一舉一動都在在別人的監管之下。那晚車間裡就有個小夥跳樓自殺了，那陰影留在他的心裡揮之不去，他開始思考自己的人生了，這樣被人奴役的生活難道只是為了吃一口飯嗎，沒有自由，沒有休閒，更沒有做人的尊嚴，難道因為貧困，做人就不需要一點尊嚴了嗎？那天阿乙身體有些不舒服，上午到了集合的地點時遲到了幾分鐘，領隊的人見了他，竟冷不防地揣了他一腳，上班的時候他越想越覺得受不了，他甚至感到流浪的生活更好一點，雖然有時會沒有飯吃，有時會被城管打，可畢竟自由了許多，自己想要到哪裡就去哪裡，想睡就睡，甚至偷東西也無妨，總比這裡像蹲監獄一樣要好，還要整天擔心被罵，甚至被打，自己身體瘦小，又打不過別人。他還是熬到了發工資的那一天，拿了一千多元的現金，就離開了那個令人詛咒的工廠。

事實上，阿乙並不知道自己到底要去哪裡，自己在貧窮的家鄉待不下去，在城裡也同樣令人不堪忍受。自己本來以為有了身份證，找一份工作，生活就會慢慢地好起來，可現實令他感到絕望。他毫無目標，想扒火車去另一個城市看看。他來到了一個火車站附近，看到了一輛待發的貨運車，於是就爬了進去。當火車慢慢進入內蒙古的包頭時，他根本不知道自己到了哪個城市，不過他也無所謂，下了火車，他發現自己來到了一個礦區，到處堆積著煤山，他感到自己到了一個礦區，又向別人一打聽，自己很難再走出這個礦區。他來到了一間門房，說自己想在這裡找工作，門房的人向裡面打了個電話，不一會兒，就有人把他領進了採礦處。他在那裡登記了一下，然後就給他安排住宿的地方。房間很小，卻住了六七個人，不過有一張空床，聽說是一個人離開不幹了，所以正好缺一個人。到了第二天，他穿好了礦工的專門衣服，就和人一起下井了。井很深，他感到有點害怕，機井在繼續向下滑，到了井深三百米處，他已經覺得自己的氣也透不過來了，可他沒想到，這才走了不到一半，換了一台機井，聽說要往下下到八百多米的深處，他簡直不敢相信自己的耳朵，不過，他還是硬著頭皮，繼續往下走。出了機井，下面是個隧道，又暗又潮。一開始操作起來，發出隆隆的巨響，而且灰塵很大，他想馬上裡開這裡，不過他明白，沒有人會帶他出去，大家都要幹活。他的工作僅僅是幫人一起推那裝滿煤的滑輪車，從採煤處幾個人一起推到機械牽引地。小推車裝滿貨後很沉，幾個人要用盡全力才能推走，由於帶著面罩，呼吸很困難，他只能讓自己無論如何要堅持下來。

到了升井的時候，阿乙只感到自己撿回了一條命，雖然工作時間沒有像以前做流水線上那麼長，也沒有人會來罵自己，可心裡的承受力一點也沒有減少，整天活在恐懼之中。

事實也是如此，有人叫他寫幾份遺書，說是萬一發生了礦難家屬可以獲取賠款，同事之間都是這樣做的，每人寫幾份分別給不同的人保管。阿乙不會寫，還是叫人幫他寫了幾份，並寫上了家鄉的地址和他父母的姓名。所有的礦工都和他一樣，不知道明天會發生什麼，那些人要養家糊口，在這裡幹能多掙一些錢。

雖然時常在恐懼之中，可為了能吃上飯，他還是堅持著，最主要的是大家的關係都很好，工友之間都能相互照料，沒有被欺凌的感覺，也許大家在深井下都知道自己在危險之中，隨時可能遇上礦難，因此工友間變的更加友愛。礦工的命運總是相似的，礦主為了多掙錢，就會超量生產，超出的部分不用交稅，只是安全隱患增大了，而礦工們對此一無所知，為了多拿一些獎金，他們每天在冒死作業。日復一日，年復一年，阿乙也早已是井下採煤的熟練工人了。那天上午，阿乙和幾個礦工下井下到一半，井下就發出了奇怪的隆隆巨響，開機井的人發現情況不對，就開始升井逃生了。可是井太深了，他們根本沒有時間逃離，緊接著，隨著一聲巨響，幾個人被封在了地下。面對伸手不見五指的黑暗，只有頭上的燈可以用來照明，可照明時間非常有限，最可怕的是一點吃的東西也沒有，只有隨身帶的只能維持一天的水，而且空氣也會不夠。每個人都感到了死的絕望，阿乙哭了起來。

「哭什麼，你又沒有老婆和孩子。」一個礦工絕望地說道。

「我們必死無疑了。」另一個人也哭了起來。

「外面的人會救我們的。」阿乙哭道。

「鬼知道，聽天由命吧。」那個礦工又說道。

隨後，井下一片鴉雀無聲，為了省電，他們關了頭上的燈，大家緊挨著躺在一起，每個人極度的恐懼之中，他們知道自己這次是死定了，幾天後外面的人挖出來的將是他們一具具的屍體。唯一可以感到一點欣慰的是他們都留下了自己的遺書。整整被困了七十二小時之後，他們幾個終於獲救了，可是井下還有幾十個人卻一時無法救援，最後都死去了。阿乙被人送進了醫院，很快他就康復出院了。由於礦主跑了，死去的人家屬最後還是獲得了政府的賠償金，可阿乙出院後，就連自己的工資都沒有人和他結算了。在礦上整整幹了兩年多了，他本以為不會那麼容易出事的，還打算多幹幾年，這樣他就可以省下一筆錢，今後自己可以做點小買賣，也要為自己以後結婚攢點錢。阿乙又開始了他的流浪生活，他回想起來自從自己離開家鄉以後，本來是出來找自己的父母的，父母沒有音訊，自己也沒有再回過家鄉，他已經開始害怕再和自己的親人見面了，他感到自己已經長大成人了，可自己獨自在外漂流，一點名堂也沒有混出來，還差點丟了自己的性命，眼看自己已經奔向二十歲了，也該有個女人跟著自己了，可是這一切又使他感到很遙遠。他感到自己一點用也沒有，又不認識多少字，要是自己不是生來就是個黑戶口，自己從小和別的孩子一樣，可以上學讀書，自己應該是另外一種命運吧。不過他又隱隱明白，像他這樣的家庭，就算自己能夠讀好書，也未必交得起學費，況且，他在流浪的過程中，也碰到一些讀過大學的有文化的人，很多人一樣沒工作，閒在家裡繼續靠父母養著。

他忽然感到自己應該去做一個和尚，以前他在速食店裡過夜時，就看見兩個和尚走進來，買了不少的食物，大口大口地吃起來。他想，他們又不打工，有衣服穿，有地方住，又有錢花。要是住在廟裡，比睡在橋墩下好多了。想到這些，他就開始行動了。那天他看到兩個年輕的和尚在逛街，他就暗地裡跟蹤他們，結果那兩個和尚去了一家賓館，他只能止步在外，心想，自己一定要做一個和尚。不久，他在一個景區裡找到了一個寺廟號稱「香山寺」，又跟著一個小和尚見了一個主持。

「去城裡打工吧，這裡沒有你的位置。」主持說到。

「我叫阿乙，從小上不了戶口，連個正式的名字也沒有，父母又找不到，不能上學，也無法找到工作，還求大師指明一條生路，不然我只有死路一條。」阿乙肯求道。

「不是我不想收留你，我們廟小，財政也很吃緊，廟裡的不少僧人，也是常年在外漂流，過著化齋的日子。」主持歎息道。

「那你收下我吧，讓我有個家的感覺，穿上僧袍以後，我就外出化齋，不會給大師添麻煩的。」阿乙又道。

此時正巧又進來了一個僧人，匆匆地進來便道：「主持，香油和香都快用完了，請您批條我去財務科領錢，順便還要買些飲料什麼的。」

只見主持寫了條子，隨後指著阿乙吩咐道：「帶著他一起去，早去早回。」又道：給你一個法號叫「無忌」。

阿乙換上了僧袍，一起去財務科取了錢，就跟著那個法號叫「善意」的和尚，開著一輛小貨車，出去購物了。阿乙簡直不敢相信自己轉眼真的變成一個出家人了。

「要不要念經，我可不識幾個字啊。」阿乙擔心地問道。

「什麼念不念經的，只要會做生意就可以了，這寺廟燒香拜佛是假，做生意是真，為人求籤解簽，指點迷津，都是要收錢的，還有到了逢年過節，什麼燒頭香、敲頭鐘，都是要拍賣的，價錢幾萬幾十萬都有。」善意向阿乙一五一十地到來。

「那我們有工資嗎？」阿乙問道。

「當然有了，沒有工資誰來這裡，平時吃點好的，玩個女人還得偷偷摸摸，師傅不讓，怕傳出去影響了生意。他自己也不知道什麼來歷，以前也是個打工的，現在混上了主持，把這寺廟承包了下來，聽說他還開了連鎖店，賺了不少的錢。」

阿乙聽著，感到自己身處雲裡霧裡。回到寺裡後，剃了度，就在這所寺廟裡暫時安歇了下來。善意只比無忌大一二歲，兩人經常在一起幹活，又同吃同住，很快就成了形影不離的朋友。善意讀過點書，也是因為生活不如意才離家出走。他的理想是當個軍官，然後就可以娶妻生子衣錦還鄉了。主持看他平日裡能說會道，就常常派他出門採購，他又會和香客聊，因此結識了不少外面三教九流的人。

「做個將軍才好，有頭有面，威風凜凜，誰也不敢吃了豹子膽來招你惹你。」善意說道。

「出家人圖個清靜，又有吃有住的，只是不知道將來能不能出人頭地，活出個人樣來。」無忌道。

「看來你也有點志向，在廟裡恐怕是不行了，有機會要出去闖，弄個什麼事做做，只要有機會就好。」善意侃侃說道。

「我是從外面進來的，以前我流浪過一段時間，外面的飯可是不好吃，只是在這寺廟裡長期待著又不甘心，再說了，你我現在都是出家之人，離開這裡飯都沒得吃，又怎麼混出個名堂來。」無忌歎息道。

「話也不能這麼說，在明朝時有個皇帝叫朱元璋，本來他也是個出家之人，後來從軍打仗，最後一步步地做了皇帝。」善意說道。

「那是亂世，亂世出英雄，現在時代不同了，是太平盛世，可對我們這樣的人來說，要混口飯吃，真的也是不容易。」無忌說道。

「我認識個軍校的人，他以前來敬過幾次香，師傅還為他解過簽，說他是個貴人，我幫他刻過字，他曾答應我有事去找他。」善意說道。

他們商量好了，等到了新年以後，他們就去軍校找那個自稱是李將軍的人。要說那李將軍還真的管裡著一個軍校，這軍校和正規的部隊沒有什麼關係，只是一個打著軍校的幌子斂財罷了，不過，規模看起來還不小，而且管理人員個個身著軍服，還有三六九等級的軍銜，看起來一個很正規的軍校。學校招了不少的學員，那些來自社會上的，包括考不上學校的，沒有工作的，想進部隊的學生，家長們花了一筆錢，想讓自家的孩子有個出路。善意和無忌找到了李將軍，說明了來意，那李將軍手下正缺人做他的跑腿和出門前呼後擁的陣勢，便就收留了他們。脫去了僧袍，又換上了軍服，不再叫法號，分別叫他們以前的稱呼阿乙和阿龍。

這天，某市有位副市長在一次大型的招商活動中，請來了許多社會達人和知名人士，共同獻計獻策，整治那些假食品、假飲料、假藥乃至假鋼材、假水泥等社會亂象。受邀的賓客來之各行各業，除了企業界人士，還有科學院的院士、軍界代表、宗教人士和知名作家。副市長萬萬沒想到，那些應邀來出謀劃策的各路豪傑中，就有不少假冒各種身分的人。這看來多少有點荒唐，猶如從前的皇帝，派了貪官去查貪官，結果可想而知。

在招待會上，副市長首先代表市長和全市人民，作了熱情洋溢的發言，並對與會代表寄予了深切的期望。在熱烈的掌聲中，代表軍方的李將軍接著上臺準備發言。李將軍可謂儀錶堂堂，身材魁梧，筆直的腰杆一派將軍的氣質。在商界，他早就是個響噹噹的人物了，什麼招商、剪綵、乃至建軍節等大型活動到處可見他的身影。企業的生存與發展，靠的是人脈，有李將軍這樣的人物到場，企業的知名度和公信力也會有很大的提升。當然李將軍也不是省油的燈，什麼出場費、差旅費、娛樂交際費總有人幫他支付。李將軍每每出現在公共場所尤其是別人的宴請，當他一出現在場上，個個起立為他的到來鼓掌。在一身將軍制服的襯托下，李將軍微笑地邊走邊環顧四周，用他固有的拍手方式，他左手平放在胸前，再用右手輕輕地往下拍，面帶笑意地步入為他事先安排好的餐桌前就坐。此時，李將軍神情淡定地開始了他的發言。

同志們、朋友們、戰友們：

「我榮幸地代表軍界前來參加今天的這個盛會，這個，城市要發展，就要有良好的規劃，李副市長今天把我們請來，就是要響應黨中央的號召，加深加快改革的步伐。這個，作為軍人，雖然我們不能直接參與城市的建設，但是，這個，我們可以為改革的決策者保駕護航嗎嘛。這個，我們有理由相信，只要我們同心同德，我們就能克服面臨的一切困難……

最後，我要慎重地提醒大家，這個，我們不僅要搞城市建設，更要營造良好的社會風尚，創造良好的生態環境，這個，在場的各位啊，我們任重道遠啊。我們要緊密團結在市長、副市長的周圍，把我們城市建設得更加美好。謝謝大家！」

大家放下手中的廣域碗筷，為李將軍的發言熱烈鼓掌。隨後，主持人又讓一位宗教代表人士發言。這位僧人法名尚一，大家叫他尚一法師。他一身桔黃色僧袍，顯得有點搶眼。

市民們：

「有人說，出家人嘛，無非是到處化化緣，在寺院裡敲敲木魚念念經，好像和城市的發展沒有多大的關係。以前城市不發達，僧人就是那樣過的。現在城市發展了，僧人好像還是應該躲在深山僻壤之中度日，和城市的發展沒有多大的關係。其實，無論是社會的發展還是人生的旅途，我們都會遇到困難和感到迷茫。如果我們心中有佛，我們就會堅定自己的信念，發揚先賢玄奘徒步西域取經，鑒真六赴東洋傳法的民族精神，堅定自己的信念，就會看到曙光，走向光明。

市民們，經濟越是發展，人性越是容易貪婪和墮落，道德水準也會不知覺地下滑，導致社會風氣變壞。如果是這樣的話，城市發展得再好，我們的生活會幸福快樂嗎？所以我相信，市領導也充分意識到了，文化建設的重要性。在坐的代表，包括我們出家修行的人都有一份責任。我也會盡我所能，宣揚宏法，使人心向善，就如我們每天需要清理城市垃圾那樣，不斷地清除我們心中的灰塵，使人心得以淨化，社會安定團結，這樣，我們才會過上真正的好生活。謝謝市領導的邀請，謝謝大家。」

將軍是假將軍，僧人是假僧人，可他們早就練得一身本領，在大眾面前表現起來，比真的還像。接下來還有靠剽竊別人的論文而成為科學院院士的陸院士，由老子代筆而成為暢銷書作家的青年代表鐘忠也分別作了發言。同台的將軍、和尚、院士和作家等邊吃邊聊，交談甚歡。尤其是將軍和僧人之間，好似一見如故。到了午宴結束後，李將軍興致正濃，又把尚一和尚請到了自己樓上的客房，繼續交談。

李將軍泡了兩杯茶，坐下後向尚一和尚談起了自己的人生經歷，希望尚一法師為他指點迷津。尚一和尚見將軍心誠，他覺得機會來了，便從他隨身攜帶的布袋中取出一件「護身符」，又動情地說道：

「將軍，不瞞您說，在我包裡這『護身符』只有兩件，放了有一年的時間了，從五臺山出來後，我就一直沒有拿出來過，對那些心術不正的人，浮躁的人我是輕易不會拿出來的，只有像您這樣的有緣人，才配擁有一個。一個人要發達，光靠努力是不夠的。看得出來，你的心智不凡，這叫『通天』，這是一種能力，更是一種『機緣』，有了這個『護身符』，您將事事逢凶化吉，心想事成。」

李將軍雖然也見過些世面，卻對尚一和尚的話深信不疑，覺得他是一個「高人」，便對他產生了敬意。於是他很快從兜裡取出了一張百元大鈔塞給了尚一法師。和尚看了看，便放入口袋。又對將軍說道：

「這『護身符』可是個被高僧開過光的靈物，我從不拿它做什麼買賣，只贈有緣人，看將軍也不是什麼凡夫俗子，望將軍給個吉利數。」

「吉利數是多少？」

「可以是888，也可以是666，看將軍的氣度。」

李將軍此時心中有了戒備，心想，這年頭什麼樣的人都有，自己混到如今這個身份，只有別人向自己「進貢」的，哪有這樣向自己伸手的。於是，他有些不快地說道：

「別看我是個將軍，我的錢都由我的內人保管，所以我手上並沒有多餘的閒錢。」

和尚聽了，便道：「隨緣、隨緣。」

隨後，和尚又拿出了幾本經書，繼續和將軍談論。將軍聽了一會，覺得無趣，起身去了洗手間。和尚便趁機在將軍的茶水裡下了迷魂藥。待將軍回來，和尚又佯稱下午還要去見一些政要，便和將軍以茶代酒一口把茶水乾了。隨後，也去了洗手間，將軍坐了一會，看他遲遲沒有出來，以為他拉肚子，畢竟，和尚的腸胃不如常人。將軍很快感到自己的頭有些暈乎乎，就在床上坐躺了下來。不一會兒，和尚見將軍已不省人事，便大膽地摸起了他的口袋，他本想撈一票走人，可直覺告訴他這人雖然儀表不凡，怎麼看也像是一個假的，又翻看了他身上的證件，覺得也不像是真的。於是，他決定賭一把，他把將軍身上的幾千元現金和他的一部手機一起拿了出來，又索性一不做二不休，連同他身上的制服和證件還有車鑰匙一同拿走。為了他方便離開，和尚脫下了自己身上的僧袍留下，隨後就揚長而去。

這和尚明白，如果李將軍不是假的，那麼他醒來後一定會立刻報警，如果他是個冒牌貨，他絕對不敢報案。一直到了晚上，看到將軍沒有什麼動靜，於是，他就從自己的旅店打電話到李將軍的房間，可半響沒人接聽，他心中大喜，在他手上不僅有現金和手機，更有一把名貴車的車鑰匙，如果假將軍心虛跑了，那車就等於留給了他。

再說到黃昏時分，李將軍迷迷糊糊地醒來了，當他發現他身上所有的財物都已被那禿驢竊走，他深感大事不好，不僅丟了錢財，就連他的將軍制服也被拿走，還有那輛名貴車一定也被他盜走了。雖然假將軍又氣又急，卻也不敢報警求助，他覺的一定是這個假和尚發現了自己是個冒牌將軍才敢對他如此下手。思前顧後，他想好漢不吃眼前虧，以他的人脈關係，以後一定要找到那個假和尚算帳。可眼下，他身無分文，只得披上那件僧袍，趁著夜色狼狽地離開了……

假和尚換上一套便服，拿著車鑰匙在那個賓館下的一個停車場轉來轉去，又不停地按著遙控器，當他在一輛豪華的奧迪車前看到車燈閃亮後，他簡直不敢相信自己的眼睛。他在外遊蕩多年，從來還沒有像今天這樣令他感到自己真的發了大財。於是他迫不及待地打開車門，用手中的鑰匙把車發動了一下，到底是好車，發動機的聲響也很溫和，他難抑自己激動的心情，又想到可能假將軍正在找他，不過車應該不會半路被員警攔下，本來早就該把它開走了。於是又急忙開車到自己住的旅店，回房取了行李，退了房，開車逃跑了。

這和尚來自佛教聖地五臺山，早年因家道貧寒，雖然他學習成績優良，家裡無力供他上大學，高中畢業後只能在家務農，又染上了貪玩好賭的習氣，在一次搶劫後被捕，入獄八年。出獄後又不思悔改，到處遊蕩，想重操舊業又怕再坐牢，所借的高利貸無力償還，急切之中便狠心削髮為僧，得法名「尚一」。在寺院裡天天打坐念經，因耐不住這份寂寞，不久就離開了寺院。為了謀生，從此身披僧袍，以化緣為由，出入各種場合，又以替人消災為名，專門聳人聽聞，什麼家有「血光之災」、「犯太歲」等，然後取出「護身符」，再強行斂財，時常做些順手牽羊的事，不想這次出來巧遇將軍，賊人賊心，直覺這個將軍是個冒牌貨，便搭訕行騙起來，沒想到假將軍看起來也見過些世面，卻也栽倒在他的手裡。

尚一和尚正準備開車回家鄉，他想著把車賣掉然後再做些高利貸的買賣，沒想到他手中的假將軍的手機響了，他開始不敢接聽，以為是假將軍打來的，接著又收到一條短信，想必是假將軍發來的，打開一看：「李將軍，您在哪兒？孩子上軍校的事還請多多關照，二十萬現金已經準備好了，隨時可以教付。」

尚一看了，心裡一震，想到又是一個發財的好機會，便平復了一下自己的心情，隨即撥通了對方的電話，用假將軍的口吻說道：「喂，我是李將軍，你好，你好，這個，我給你一個帳號，等你把錢打進去後，我立刻就把一切事宜辦妥。」

「這麼大的一筆錢，我還是當面交付，也可以收個憑據什麼的，望將軍見諒。」

「什麼，憑據？哪有首長幫人辦事寫收據的，如果你覺得不放心，那你就另找出路吧，這個，委託我辦事的人不少，我能到處去寫收條嗎？」

「那麼請問將軍，學生是委託軍校培養的，畢業後，您能幫忙進入部隊工作嗎？」

「這個，沒問題，一畢業就轉入軍隊中工作。」

「好吧，好吧，就這樣，請您把銀行帳號傳給我。」

「沒問題，不過為了謹慎起見，這個，帳號上不會出現我的名字，你只要照我提供的資訊轉帳就可以了。」

和尚明白事不宜遲，急忙去了一家銀行，用身上的假證件開了個銀行帳戶，接著又催對方趕緊把錢匯了。心想：「還是這假將軍厲害，一本萬利啊，看來在這個世界上，沒有做不成的，只有想不到的。

再說這假將軍，人家也是幹了十幾年了才有今天這個場面。起初只是為了買火車票方便，那時他去了一家專門賣這類假軍服的店，為自己配了一套軍服，選了一個中尉的軍銜，又弄了個假軍官證，便開始了他的撞騙生涯。慢慢地，他的圈子越混越大，求他辦事的人也越來越多，什麼招生、提幹、調動工作等，不但騙到了些錢，而且還騙到了女人並為他生了孩子。在這其間，他的軍銜也越變越大，從中尉到中校，再從大校到少將。他的日子過得不錯，有人明知上當吃了虧，卻也不敢聲張，有的怕丟臉，有的怕惹事。可他萬萬沒想到山外有山，竟然被一個和尚耍了，而且損失巨大。一路上，他一邊想著怎樣報復那隻禿驢，一邊也用假和尚的騙術以「替人消災」的名義騙些錢財，他根本看不上這些小錢，可他除了一身僧袍身無分文，不得不靠化緣、行騙度日。直到他回到自己的家鄉，又開始他的「軍旅生涯」。

自從阿乙穿上了軍服，他以為自己是一名正式的軍人了，雖然還沒有什麼軍銜，可他終於還是感到自己可以堂堂正正的做人了，看到別人還在流浪乞討，還在靠小偷小摸過日子，甚至靠販賣婦女兒童牟利，他感到自己還算幸運，眼下他有自己的心願，他想穿著這身軍裝回家鄉打聽父母的去處，還有就是要去辦理一張合法的身分證，將來升官時一定用得著。他也開始想交女朋友了，他看不上那些靠出賣肉體掙錢的髮廊妹，可自己和城市裡時髦的女人相差甚遠，自己太卑微了，外形上、衣著上、氣質上都不可能般配，自己能夠接觸到的就是那些窮鄉僻壤出來的髮廊妹，除非自己有一天真的像李將軍那樣地位顯赫。

「我看你還是跟著我算了，也不用在這裡伺候別人了。」那天他在一家髮廊店，阿乙對著一個新來的叫菱菱的女孩說道。

「雖然你是個當兵的，可你拿什麼來養我阿，在江西老家有老人要養，還有弟妹讀書的錢，我父親犯了點事，進去後又沒有錢疏通關係，所以還要籌錢想辦法讓他早點出來，我本來是考上了大學的，不過沒辦法就放棄了，現在出來做工了，在這裡，掙錢要快一點。」菱菱敘述道。

「你不想要有一個家嗎？」阿乙看她有幾分姿色，動情地問道。

「還沒有想過，在這裡做事，就更不去想它了。」菱菱說著。

阿乙打量著她說話的樣子，又聞到了她身上的女人味，便拉上她的手，真情地說道：「等著我，菱菱，等我賺到了錢，我就來把你帶出去。」阿乙說著，就吻了一下菱菱，隨後就離開了。

那天阿乙和阿龍在一條商業街開著車買東西，他忽然看見街上簇擁著許多人，好像在圍觀著什麼，車開近後才知道，原來最近公安機關在「掃黃」，此時，他們正在把前幾天在賓館、舞廳包括髮廊等地查獲的小姐和嫖客一起帶到街上「遊街示眾」，阿乙看見此場景心裡不免一顫，他擔心菱菱會不會也遭了殃，此刻，他發現所有被示眾的男男女女都是光著腳的，而且女的在前，男的在後，隊伍中的每一個人都被一條條繩子串綁了起來，隊伍中的女人在極力用自己的頭髮遮擋住自己的臉，男的則用手遮擋住自己的臉，他們看起來真是好狼狽，員警邊帶路邊看管著他們，路人都停下來看著熱鬧。

「他媽的，他們自己也嫖，當官的有錢的哪個不包養幾個女人，有個當官的還和校長一起帶了初中女生在賓館開房玩處女，說是玩處女可以有『升官運』，有人帶官員一起享受『人乳宴』，到了他們吃晚飯的時候，還有女人給他們餵奶喝，有個縣長每玩一個情婦就留下一撮陰毛，後來做成毛筆練字，說是可以『提氣養身』。這些他們怎麼不管，盡拿老百姓來折騰。」阿龍說道。

「走吧，走吧，不要看了，有什麼好看的。」阿乙說道。

「他們這樣做其實是執法犯法，要關要押要等被判了刑才可以，哪有這樣隨意踐踏人格的。簡直是一幫精神病。」阿龍又道。

「我們是軍人，和他們不一樣。」阿乙也道，隨後他們就離開了。

學校裡樹上的蟬在不停地打鳴，阿乙又想起了小時候，那時在家鄉，別的孩子上學去了，他卻整天待在家裡，無所事事。從他懂事起，就很少見到自己的父母。現在他出門四年多了，他不再是個孩子了，自己已經從一個流浪兒童變成了一名軍人了，還多少識了一些字，有了一定的收入，做人還很有威嚴。現在，自己又愛上了菱菱，他想努力工作掙錢，將來娶菱菱做老婆。他總是覺得，自己已經是一個堂堂的軍人了，而自己心愛的女人還從事著這種變相賣身的工作，人人都可以碰她，小偷、流浪漢、城管、小販子，他感到心裡很受煎熬，又無可奈何。

在軍校裡待了好幾個月後，那天李將軍回到軍校，即刻派阿龍阿乙兩人，向他們提供了所有那個尚一和尚的資訊，命令他們一旦發現此人，就立即通知他，並把他綁架回來。於是，他們帶著任務出發了。

有一天李將軍帶著他們幾個人要去公安局提一個人，那人在軍校也是一名負責人，因犯詐騙罪被公安局拘留，於是李將軍想利用自己的關係叫他們放人，那公安局長看見來了個有個將軍頭銜的人，開始也不敢怠慢，不過還是婉言拒絕了他們的要求，李將軍不依不饒，這事引起了那公安局長的懷疑，他暗地裡馬上叫人調查這個李將軍，結果軍部說沒有這個人，結果跟著李將軍去的幾個人全部被公安局的人控制了起來。在外的阿龍和阿乙聽到風聲便又趕了回來，雖然都逃過一劫，可他又變得一無所有了。

假將軍等人被抓了起來，原來的商辦軍校也被封掉了，好在學校的一輛麵包車還在阿龍手裡，他原來經常用它拉貨，現在他想用這輛車搞運輸掙點錢，於是他和阿乙做起了跑運輸的活。

他們經常在客運站拉人載貨，因為是無證運營，價錢經常被客人壓得很低。後來，為了增加收入，他們不得不在拉客時，開出較底的價，等客人上了路以後，再抱怨「天氣不好」、「交通擁擠」、「路途太偏」等各種理由加價。由於他們兩個人，一般別人不敢有太大的爭執，都以加錢了事。不過到了後來，他們的胃口也越來越大，從開始的加價幾十元，到後來的上百元，還用了脅迫敲詐的手段。那天偏偏碰到一個不買帳的，路上就和他們爭執起來，最後他們索性把車開到一個偏僻處，把那個客人連人帶貨拉了下來，打了別人一頓，又讓那人交出身上所有的錢，然後拋下客人，揚長而去。他們的收入明顯增加了，膽子也越練越大了，有一次拉上了一個女性乘客，年紀輕輕還帶幾分姿色，他們在半路上就動起了劫財姦淫的主意，他們把車開到一個荒涼處，然後以貨車拋錨為由，叫那女人下車。那女人也發現了異常，開始以為他們只是打劫，沒想到拿到了錢財，阿龍就強行把那個女人帶到陰蔽處進行施暴，隨後又讓阿乙再強姦，事後他們還不甘心，又把她連人帶貨一起帶走，把她帶到一個偏僻處的棄屋裡，把她綁了起來，直到傍晚時分，兩人喝得醉醺醺地回來，又先後對那女人進行了一番施暴。那女人身心極度疲憊，又驚恐萬分，只求他們放過她，自己決不會報警。他們知道，事情到了這一步，此地無法再待下去了，又怕受害人報案，一不做二不休，最後他們殺害了她，取走了她身上所有的財物，就在牆角下，一把火把那女人的屍體焚燒了。

他們知道自己犯下了彌天大罪，離開現場後，盜了別人的車牌，一路向北駛去。走了一天的路程，他們明白公安局遲早會發現焚屍現場的，於是他們決定把車開到一個車行，討價還價地賣了三萬元錢，兩人分了帳，就各奔東西了。從此，阿乙又過上了獨自流浪的生活，不過，他身背命案，他隱隱感到，要不了多久，自己就會被抓獲的，然後就被槍斃，他感到又怕又悔，那具女屍的形象時時伴隨在他的腦海了，時常被噩夢驚醒，天天過著提心吊膽的日子。他開始怨恨起阿龍來，要是不帶去所謂的軍校該有多好，自己差一點還被判刑，要是真的當時被判個一年半載的，自己也不至於出來打劫。他想起了菱菱，那張稚嫩的臉，本來想賺到了錢帶她出走的。嗨，一切都是命運啊。要是自己能夠再次回到寺廟裡就好了，他願為死著超度，為自己的罪孽天天懺悔，不過他明白，一切太遲了，無可挽回了。

四

三個月後，他在一家小餐館被捕，聽說是個殺人犯，老闆嚇了一大跳。一個看上去老實本分，做事埋頭苦幹的，有點沉默的年輕人，怎麼會是一個殺人犯。被抓進去不久，他就被起訴「強姦、殺人」等罪而判死刑。他和阿龍一起是被同一天押到刑場的，為了審判他，公安機構還特意為他上了戶口，還發了一張身份證給他。他感慨萬分，因為從小沒有這張證，他落到了如今這個地步，現在有了，只是為了去刑場驗明身份。

每年到了深秋季節的時候，市監獄裡就會有一種詭異的氣氛，死刑犯都會在這個時刻被帶走執行。阿乙被判了死刑後，他就要求上訴，他不想就這樣死去，不過上訴很快就被駁回，維持原判。聽說槍斃後還要被人挖走內臟，那天他被要求驗血，他知道自己的死期即將來臨。臨行前，監獄為他送來了一盤頗為豐盛的午餐，他知道這是「斷頭飯」，他看了看，一點也吃不下，看守叫他多少吃一點，到時他會體力不支的，他哭了起來，就勉強地吃了幾口。大約一小時後，有武裝人員押解的軍用車來提死刑犯了，同時被押解上車的還有另外三個人，一個是他的殺人同夥阿龍，還有一個是因為失戀和失業，在一個小學裡製造命案的人，最後一個是因為受了冤屈，又告狀無門，最後「上訪」不成而導致殺害了一名員警的犯人。

天是藍藍的，幾個死刑犯被壓上了一輛等待他們的軍用卡車後，在全副武裝的武警押送下，開到了一個郊外的刑場，一路上，他不再感到恐懼，他想起來小時候和父母一起生活的情景，自己幾年流浪的經歷，遇到菱菱的情景，還有殺人焚屍的場面，沒想到這麼快就走完了自己的一生。他被押下了車，經過了又一次的驗明身分，他被兩個戴著墨鏡的武裝人員帶到了一個小山坡前，隨著一聲令下，武裝人員鬆開了他，各自向著左右兩邊彎身躲開，接著就是一聲槍響，子彈打爆了他的腦袋。

阿乙的骨灰被他的父母領回了家鄉，他們始終不相信自己的兒子會去犯法殺人，現在兒子沒了，還被人說閒話，他們不知道今後自己如何面對這個突如其來的改變。現在他們只剩下一個女兒了，她在職校畢業後在城裡的一個酒店工作，那裡也是馬書記經常出入的地方。只是那年馬書記找處女「破弧」時，她也是其中的一個受害女生，到了她好不容易從縣高中畢業後考上了職業技術學院後，她的名額被人替用了，而替用她的便是馬書記的一個姪女。所以如今她只能在這家縣賓館從事服務業。阿乙的父親感到老天讓他家斷子絕孫了，甚至也沒有什麼活頭了，兒子的死，自己有很大的責任，他覺得很對不起兒子，他甚至也想自己不如也死了算了。

馬書記在他的妻子死後不久，就娶了一個本地電視臺的女主播，年齡整整小他三十歲。這個女主播早就是他心目中的女神，是他多年暗自愛慕的偶像，這是一個連做夢也沒有想過的好事，如今居然成了現實。起初，他被剛剛任命為縣委書記時，在他的內心深處就想好了，自己一定要把那個女主播弄到手，和她一起在行宮裡徜徉，當初他要仿造天安門城樓建他的辦公大樓，在他心裡就是出於那個動機。如今，馬書記的一切夢想都實現了，就等著有一天自己能夠在官位上「更上一層樓」了。

娶到了這位女主播之後，他就帶著她馬不停蹄去全世界到處遊山玩水。在短短的幾年時間裡，他就帶著他的愛姬跑遍了世界名城，購買了數不清的時尚物品。「寶貝，就是從前的皇上也沒有過得這麼爽啊。」他抱著他的嬌妻，心滿意足地說道。

由於長期的徵地強拆，建造高樓和一味地招商引資，官員的貪污腐化，導致民不聊生。社會治安越來越差，環境污染日益加劇。人們看到市政府大樓建得如此富麗堂皇，那些當官的對老百姓的訴求從來不聞不問，於是導致不斷有人上訪告狀，引發的抗爭事件頻頻不斷。馬書記決定加大管制力度，對上訪的一律採取截訪、抓回、拘留，對抗爭的一律判刑、下獄。

馬書記的大舅子早就盯上了他，對他的所作所為他看在眼裡恨在心裡，他早就懷疑自己的妹妹根本不是死於什麼車禍，而是一起謀殺，可是就是苦於找不到直接的證據，就是找到他的殺人證據，也沒有辦法來告他，因為政法委系統都是他的手下和親信。現在在他的手裡有了一樣重要的物證，他不敢輕易拿出來，那姓馬的什麼事都幹得出來，他很可能會殺人滅口。出車禍那天，大舅子第一時間趕到現場，他心裡明白這是一起有預謀的謀殺，他姐姐的屍體很快被處理掉，就在他到達現場後，現場已被清理乾淨，他的兩個侄兒又不在她身邊，當他趕到殯儀館，有關人員以各種藉口不讓他看到屍體，這就加深了他的懷疑。沒有辦法，那晚到了深夜，他在事發地點偷偷地挖了幾塊馬路上的瀝青，再找人去化驗，看看裡面是否含有爆炸物的殘留物。最後，化驗的結果出來了，在這幾塊瀝青中，裡面確實含有微量TNT爆炸物，事情更加明瞭，拿到了第一手證據，大舅子就直接向省裡的高院起訴。

幾個月後，就在馬書記春風得意的時候，有一天，他突然受到組織調查，隨後就被「雙規」了，即在規定的時間和規定的地點交代自己的問題。

就在馬書記被收押期間，他最放心不下的是他的嬌妻，因為自己的原因，她也會身敗名裂，她還年輕，她以後的生活怎麼辦，弄不好也會受牽連坐牢，況且，他們倆還有一個出生不久的女兒。就在他感到萬般糾結的時刻，那女人很快就向他提出了離婚的要求，雖然也是預料之中的事，卻還是令他感到世態炎涼。不久，一輛警車開到了那女主播的家，她被幾個員警帶走了，此時，她神情茫然，身邊只有她的母親，哭泣著攙扶著自己的女兒。

悉尼的彩虹

在和阿琪的交往中，我所扮演的角色既真誠又虛偽，為了贏得她的心，我自己也付出了真愛，她還是個學生，我早已是一個滄桑男了。可另一方面，我的每次出現，都充滿著虛假的承諾，看見她陶醉在我的懷抱裡，我總是這樣的深情和滿足。同時，我清醒地認識到自己的行為到底意味著什麼，或者說我是在逃避現實，暫時地逃避一下現實。

我的女人惠和我天各一方，我完全有理由說服自己和阿琪在一起，就好像到了肚子餓的時候，如果家裡沒有飯吃，就會到外面去吃。可是和一個女人的交往就複雜多了，即便是自己也付出了真情，那也是一種純粹的假意，我感到無力承擔她的一片愛意，那可是一個女孩生活中的全部。有時我希望她對我也只是一種逢場作戲，或者說我在她的心目中是可有可無，只要在一起的時候是坦誠的，把情感當成是一種上乘的施捨，那我也就心滿意足了。

阿琪對我其實還是有所保留的，不知道是不是受到了我對她講的那句話的影響。「不要對男人太好。」「為什麼？」她有些吃驚地問道。「男人永遠在征服中得到滿足。」我不知道當時自己這樣告訴她是出於什麼目的，也許是我想反正我和她也不會有什麼結果，就這樣提示她了。也許是在我的潛意識裡，我想讓她變得聰明一點。我們在一起的時候彼此很親熱，雖然在我離開的時候，她總是提醒我要時常地想她，可她並不打算讓我進入她的朋友圈，畢竟，我們不是同一輩的人。我也是，我並不打算帶她去見任何人。

隨著和阿琪的交往時間久了，我有了想娶她的心願，儘管那是一種奢望，一種愛的貪婪。我不想讓她的父母指責我毀掉了他們的女兒，即便是他們無奈地接受了我，我也很難去伺候他們。我相信有的女人因害怕和對方的父母相處而對婚姻產生了恐懼，我也是如此。不過我想，作為一個漂泊在海外的女留學生，求學、工作、移民，還有戀愛、結婚和掙錢、做房奴，這人生的種種困擾，如果阿琪早早地嫁給了我，這一切問題就都不是問題了，這人生的得與失，對於一個女人來說究竟應該如何選擇呢？

從前在唐朝的時候，許多讀書人去道場結識女尤，他們的愛情可謂情真意切，可最終只是留下了令人千年詠唱的「相見時難別也難，東風無力百花殘。春蠶到死絲方盡，蠟炬成灰淚始幹。」的詩篇而已。我無力捨棄自己的嬌妻，又不堪忍受獨自的冷清，於是我陷入了兩難的困局，我實在不想有任何的一方傷心欲絕，我不自覺地陷入了情感欺騙的遊戲。

阿琪今年才二十二歲，她的人生之路還很長，並且充滿了未知。要是在國內的話，像她這樣的年齡還生活在父母的身邊，除了讀書以外，生活上父母都會把她照顧得很好，也不用為生計煩惱，毫無疑問，她會有自己的男朋友，不過一般來講，和絕大多數的女孩子一樣，談兩年就會分手，然後再談一個，這樣會經歷會持續二到三次，到了奔三十的時候，就會趕緊把自己嫁出去，從此走進了人生的下一個階段。可是有的女孩一旦遇到了那種所謂可以供養她的人，她一定會陷入迷茫，生活的艱辛使她變得想想走捷徑，至於將來如何那只有看命了。阿琪是個酒吧的侍應，她只在週末做一天，掙一份很少的錢，大部分的錢來自父母。在她不忙的時候我會和她多聊幾句，一開始，我對她沒有任何的企圖，她也不是那種舉止輕佻的女人，大家都很規矩。時間久了和她的話就多了起來，她開始以為我是個老師，我也默認了，於是有機會就藉著老師的名義和她談談人生。有一次趁她不注意時我想親吻了她一下，雖然我們彼此並不陌生，可她沒有答應我的意圖。後來因為工作忙，我就沒有再去那裡。沒有想到，當我再次見到她時，她責備的口吻說道：「為什麼沒有來見我？」

「工作忙，沒時間。」我毫不在意地回答道。

「老師，你不想我嗎？」

雖然那是一種禮儀上的客套，不過聽起來還是蠻溫馨的，尤其對我這樣一個身邊沒有女性又喜歡獨來獨往的男人來說。這次她離我很近，而且店裡此刻就只有我和她，我一下子就摟住了她，她沒有再抗拒。

我開始了一個男人的攻勢，除了經常光顧她那裡，每次還會帶給她一些甜言蜜語。如果女人是一塊巧克力，那麼融化她的就是愛的承諾和對未來的期許。老闆娘早就看出了我的用意，這樣的客人對她來說自然是越多越好。不過老闆娘還很善良，規勸我多掙錢，以後就會過得好一些。她甚至還鼓勵我娶阿琪，當我問道留學生的居留問題時，她居然說道：

「一張紙不就解決了嘛。」

聽起來確實簡單，可男人又有多少祕密，天上會掉餡餅嗎？再說了，阿琪的父母辛苦掙錢送她來留學的，不是送來嫁給一個滄桑男的。

「也許有一天為了我們的關係，你父母會和你鬧翻的。」我對阿琪說。可她聽了，只是笑而不答。

是的，為了避免將來這樣的事發生，為了不輕易背叛自己的女人，也為了阿琪自己的人生，我對她這樣警告過。

「老師想和你有個契約，就像當年猶太人和上帝的契約一樣，如果你到了三十歲左右還沒有找到真正令你滿意的男人，我就娶你，當然，如果你能找到了自己的歸屬，我真心的祝福你。要是真的能夠和你在一起，那是我的好運，我會寵愛你一輩子的。」

我不知道阿琪能不能聽明白我的話，況且，這樣的承諾充滿了未知。我沒有告訴她我的真正的處境，雖然我總是有意無意的給她各種許諾，她也從來不追問任何有關我的生活。我總是在營業前去店裡和她約會，在裡面的一個休息房裡，從開始的擁吻到後來就像情人一般親熱了。雖然得到了一個男人需要的滿足，卻令我對她的情感令我備受煎熬，一方面我想娶她，另一方面我又不想傷害到和自己早已結了婚的女人。每次從她的工作處離開後，我的自責感也會加深。惠隨時隨地會回到自己的身邊，到了那時，我又該何去何從？

對一個女人來說，一生充滿了各種陷阱，但看起來總像是餡餅，當她想去得到那塊餡餅時，總會引起周圍的人的羨慕與嫉妒，可她真的不知道，當下的自我慶倖，會是別人來日的笑柄。也許阿琪真的想通過一場認認真真的婚姻，解決她面前所有的人生困擾。可是婚姻的婚字，正是一個女人發了昏時的那種狀態。如果人生是一場自救的話，那麼在不怎麼清醒的狀態下，又如何自救呢？

我和阿琪的交往在繼續，每次看見她沉醉的樣子，我獲得了一種前所未有的滿足。

不過，一到了離開她後，我便有一種罪孽感。我是真的愛她，或者說很陶醉在這種情感之中，可我又意識到自己未來的麻煩和將對她造成的傷害。我不知道這是不是人生的一種宿命中的無奈，彷彿人生總是在誘惑之中無奈地掙扎和墮落。如果不放縱自己，生活就如同清教徒一般，如果犒賞一下自己的慾望，又常常會造成心理上的不堪重負。

二者選其一，這也許是人生中最艱難的擇選，抑或是一場無休止的循環。每當遇到一個令人迷醉的對象時，就會在情感上傾其所有，好像獲得了永無止盡的幸福。當又一次令人飛蛾撲火的情感來臨時，以前的一切無疑成了一場傻瓜的遊戲，只是一個女人實在無法承受這樣的遊戲代價，那是一個可怕的絕症，足以讓人致命。

我並不打算在去一個目的地之前突然剎車，儘管這個目的地還只是一種幻想，在情感上，自己的妻子也曾經是一個情感的驛站，可是人性中的幻覺好像永遠不會就此甘休。況且，在這個過程之中，放縱的本性總會佔據上風，相反，世俗的約束時常蒼白無力，人性生來就是如此。

如果阿琪這輩子跟定了我，我就會義無反顧的娶她，如果她遇到了更合適的，我就應該放手，這是我內心深處的一種聲音。可是，在茫茫人海之中她會遇到誰呢？因為我的存在會不會影響她自由自在地和別人交往呢？是的，當我偶爾發現有客人特意給她送禮物時，更有客人藉著醉意和她死纏時，我的內心就會顫慄，可我只能強行忍受。是不是她對別人也很好呢，是不是我的無動於衷會令她感到一種失望呢？「老師，你要對我好」。是的，她曾經在和我相依偎時，發出了這樣的聲音。「我會的」。我的這份激情會不會影響她和別人的交往，因而令她失去了其他的交往的機會，如果是這樣的話，那我無疑是她人生中的一個陷阱，一個足以毀掉她生活的情魔。

如果我為她創造好了一切生活條件，讓她暫時滿足地和我生活在了一起，那麼，這種沒有經過發酵而釀出來的情感又能維持多久呢？到時，我拋棄了妻子，和阿琪又不能維持下去，那我的人生到了最後豈不悲慘？忽然自己終於意識到，自己的人生很失敗，像我這樣已經快到了「知天命」的男人，其實早就該有一個幸福的家庭了，可是，我的心依舊在流浪。每次短暫的相處，只為生理的宣洩，隨後就匆匆離去，這是我要的生活嗎？

妻子又發來資訊要生活費了，這次還要附加看牙的費用。這令我感到反感，為什麼她自己沒有一點剩餘的錢，每次到時就十萬火急的需要生活費和其他的開支，是不是自己把她養壞了？和精力充沛的阿琪不同，看碟片、睡懶覺是她的生活常態，可阿琪除了上課，就要和朋友在一起到處逛，玩麻將、看球賽、什麼都有興致。是的，她太年輕了，至少說她不是一個宅女。儘管她經常買衣服，可她不是那種對時尚太有品味的那種女人，當然，那不是一件容易的事，不過，當她穿著一身白色的連衣裙向我走來時，身上的衣裙沒有那種飄逸的感覺，而是一種蓬鬆感，臉上的粉脂看上去像是塗料，還有長長的假睫毛也不那麼好看。她的雙腿上有明顯的毛孔和汗毛，只是我對她的這些瑕疵並不在意，不過她冷冷的舉止令我感動有些沮喪，可我儘量從她的角度看問題，也許她有些不習慣或是她不想在外面太隨便。可我每次要去見她時，我就會早早做好準備，洗漱、換衣、等待她回短信，還會感到很不耐煩如果被任何別的事打擾。有時不知原因遲遲得不到回信，又不願意過分打擾她，就會懷疑自己在她心目中的地位。又想著，她時常和別人的親密接觸，也難免會產生情愫，她甚至有意無意地避開我接聽別人的電話。我心裡的另一個聲音告誡自己，讓她找到更合適的對象，我和她能留下一段人生中美好的情感回憶就令人心滿意足了。每次約會前心裡的種種忐忑不安，時間久了會有一種心裡疲憊的感覺。也許是婚前男人累，婚後女人累吧。

阿琪的生活目標也許很明確，雖然這一切都應歸罪於我的甜言蜜語，為了盡情地放縱，這也是必不可少的，就連一隻蚊子也知道在吸血的同時，必須放射麻醉劑。騙子早把行騙當成了一種謀生的手段，他們的目標很明確，那就是錢財，有所不同的是當新的錢財弄到手裡時，以前的錢財早已被揮霍掉了，可是舊情人依然存在，她會妨礙著新的戀情，於是，播種者就成了一個騙子的角色，而且這種角色在縱慾中傷害無辜，是阿琪會被傷害還是妻子會遭厄運連連我自己也不知道，因為自己的本性似乎生來就會給愛人造成這種傷害。一開始就警告過阿琪，不要相信一個風流男人的愛情，因為那是一種最不穩定的化合物。事實上一句忠告是毫無用處的，在甜言蜜語之中，所有的女性的意志都會被融化，使她們變地迷醉癡情，也正是在這個時候，命運註定會是一種悲劇的形式而收場。

找一個年輕貌美的女子生個孩子，然後過上安逸的退休生活，這樣既可以達到棄甲歸田的生活目標，又可以避免許多中老年人的情感危機，對於他們來說，兒女早已獨立，不再依賴他們，夫妻之間到了除了吵鬧，也已無話可說的地步了。這個時候，如果建立一個新家庭，嬌妻和小孩一起寵愛，又不用忙著掙錢，在生命的最後旅程中心安理得地陪伴他們，又享受這自己一生奮鬥的榮譽耀，人生才算到了死而無憾的境界了。

我沒有急切的渴望，時常只有默默地忍受，那是情感涓涓細流的長存，還是將無聲無息地消亡？

今年的耶誕節和去年一樣，近一個月的假期看起來還悠閒的很，由於不想再回國了，像日本、韓國這樣的國家也都去過了，感覺也只有在悉尼待著了，自己可以每天去游泳健身和畫畫，晚上電視節目可以看到凌晨，當然大部分看的還是大陸的節目。有時會重溫老電影，尤其是看到所謂「樣板戲」的節目時，就會回想起兒時的許多往事，戲裡的人如今都已老去，有的已經過世了，也有非正常死亡的，畢竟那是一個特殊的年代，在過去當然感覺是幸福的年代。為什麼當時會感到是幸福的年代呢，能夠和一代偉人生活在同一時代，就是幸福時光，儘管那時候的物質水準不能同今日同日而語，可那時候有一種激情，無論在工作上還是在藝術創作上。無論是原子彈還是經典紅歌，都產生於那個時代，那個還很貧窮落後的時代。

來自大陸的遊客紛紛湧向了澳洲，我不覺得澳洲有什麼特別好玩的地方，儘管旅遊是這裡的支柱產業之一。有人說的好，旅遊只是在自己待膩的地方去別人待膩的地方。更有人戲稱，在國外是：好山好水好寂寞；在國內是：好髒好亂好精彩。是的，國內的經濟被拔高了，當初在這裡來自大陸的中國人，逛的是舊貨市場，買的是很舊的二手車，可如今，這裡的奢侈品和豪宅，有相當一部分買家是來自大陸的。當然，付出的代價是過度的開採和嚴重的環境污染，包括人性的污染。

耶誕節過後的一個月，阿琪要回國度假了，通過一段時期的交往我對她多少有些依賴，雖然我們並不時常見面，我相信，整天如膠似漆地和喜歡的人在一起，這樣的戀情往往是不能維持太久的。不知為什麼，她的暫時離開會令我有一種擺脫了羈絆的感覺，儘管我不知道怎麼才能平靜地度過那段時光。我不想給她太多的零花錢，不想讓她在經濟上過分的大手大腳。她告訴我回去後就會先和朋友去泰國玩，然後再和母親去韓國玩，其實這兩個國家我都去過幾次，自己的前妻和現在的妻子就分別來自那兩個國度。事情總是有太多的巧合和機緣，我以前不喜歡或者說沒有機會和在這裡的中國女人相愛，以為文化的隔閡會有一種永遠的神祕感，這樣的戀情才有意思，可如今遇到了阿琪，我們的相愛其實也是從相互的溝通而產生了好感，這是一個意外，同樣的文化背景可以有更多的共同情趣和更好的溝通，這是我始料未及的，儘管在國外用英文也可以溝通，可共用的情趣畢竟少了很多。

沒有吻別，只是彼此互擁道別，這令我感到意外，是她的木納、冷漠、內斂抑或是心有彷徨？這種場景的分別，當然不是出自內心燃燒的熱情火焰，充其量只是一種禮節，一種友情而已。希望她有一個美好的假期，只要她過的開心，我就滿足了。將來總會有一天，她會受到來自我的傷害。

臨登機前她給我發了一個短信，大致內容是感謝我為她所做的一切，要記得想她，等她回來。女人對男人的好感，往往來之於她感到那個男人對她很好。記得上一次她回國時也問過我會不會想她，可那時她還不太熟，還沒有進入追求和愛慕的階段，至少，那時我對她還沒有什麼企圖。現在當然不一樣了，我可是每天思念著她，當然也期盼得到她的資訊。可是令我沒有想到的是整整過去兩個多星期了，沒有得到她的任何消息。我想她一定是玩得很開心，以至於連發個資訊的心情也沒有了，我相信女人會這樣的。不過我還是想，如果到了情人節那天，她無論如何會發一個資訊給我，在這個特殊的日子，發個短信問候一下是起碼的。我並不準備先發給她，怕她和家人在一起，也怕她母親見了會追問她，因而暴露自己。可是到了那天，那是一個週六的上午，節日的氣氛很濃，到處是玫瑰花的世界，我想在中國也會一樣，她沒有理由再不發一個資訊給我。不過，我真是耐不住性子了，下載了一張精美的圖片，就發了過去，只是什麼文字也沒用留下。幾乎整天我都在等阿琪的資訊，遠在韓國的妻子很快就有了回音，不過我對此並沒有什麼特別的感覺。一直等到晚上還是沒有她的任何資訊。我不得不重新定位自己的角色，也許骨子裡她只是把我當成一個普通的朋友，如果她有了回音，也許就承認了我們是情人關係。我突然感受到在店裡的親密只是在一種特殊場合裡的一種溫情的施捨，只要一出那個店門，我和她的關係就立刻降格為普通朋友，或者說我是她的一個比較中意的慷慨的客人，僅此而已。她一定是在她母親面前提到過我，她曾告訴過我她母親已經同意她開始找對象，不過又警告她不要幹「傻事」。在她們母女相聚的日子裡，她不會不提這件事吧，如果她真的在她母親面前閉口不談，那麼她的城府是不是太深了。

一直等到深夜，還是沒有見到她的回信。是不是她又去了其他國家旅遊，在那裡她並沒有開通手機，我只能這樣去想。一直到了新春佳節，除夕沒有她的消息，大年初一也沒有。是她手機丟了還是人在國外，抑或是她母親嚴禁她再和我交往，是她遇上了一個令她鍾情的人，種種的猜測使我整天心神不寧。

到了初四那天，我突然收到了阿琪發來的一個短信。而我當時因為過於激動，一下子寫了有關自己許多的事。後來我冷靜下來再看她的短信，我發現只不過是最普通的幾句問候語，根本不值得去大驚小怪。我慢慢在調整自己的心態，和她做一個普通的朋友，也不必為她而離開自己的韓國妻子，更不用去面對將來自己不敢或是不願面對的一切。轉眼就到了她的歸期了，當時也許太匆忙，我沒有問清楚具體的日子，不過應該是到了她回來的時候了。星期一沒有她的消息，星期二還是沒有她的消息，到了星期三中午的時候，我再也忍不住了。我終於撥打了她的電話，電話處於關機狀態。我很擔心她會出什麼事，是不是她母親為了阻止她的這段戀情不許她再回來了，是不是她家裡的老人突然病危了，是不是她真的有了新的戀情。我承受著失戀的痛苦，有時覺得內心無以復加的痛楚似乎只有自殺才可以讓人感到平息。真的沒有想到會這樣愛她，這樣依戀她。心裡的痛感猶如內心的凌遲。到了星期四上午，我又一次撥打她的電話，這次意外的聽到電話鈴聲響了，可是沒有接聽。嗨，她終於還是回來了，她真的沒有再聯繫我……

大約過了十幾分鐘的樣子，電話鈴響了。

「哈羅。」

「老師，你好！」

「什麼時候回來的？」

「昨天。」

「假期過得好嗎？」

「很好。」
「去泰國了嗎？」
「去了。」
「韓國呢？」
「沒有去，出了許多事情，週末見面再告訴你」
「好吧，旅途勞累，好好休息。」
「好的，需要買些東西，再見老師。」
我不安而又痛苦的心終於鬆弛了下來，我的心情猶如受了身體創傷的人注入了嗎啡，痛感頓時消失了。
星期六上午我要去見她，見面後我就迫不及待地親吻了她。終於又再一起了，好像離去的黃鶴又飛回來了，她給我帶了些禮物，其中還有一本書，書名是《失樂園》。也許我以前告訴過她，我喜歡日本作家寫的書，虧她還能記得。不是嗎，她又回到了我的身邊，好像又找回了失去的樂園。她告訴我從泰國回來後，眼睛做了一個手術，整整兩個星期不能看東西，還有新年剛過她爺爺就去世了。我明白了她為什麼沒有和我聯繫，她真的度過了艱難的時刻。她問我為什麼沒有和她發資訊，我卻笑道：
「不想打擾你，擔心自己是多餘的角色。」

「你真的這麼想？」

「將來能夠在一起，我會好好待你，也許不能在一起，我要珍惜每一次和你在一起的時光。」

回到家裡我就開始翻閱那本小說，原來渡邊淳一的《失樂園》描寫的是縱慾與罪惡感，我在心裡暗自歎息，什麼書不能送，偏偏是這一本，難道命運在向我暗示著什麼？

不久以後，一個期待已久卻又突如其來的消息令人憂喜交加，在韓國等待簽證的妻子獲得了來澳的簽證。我曾經是如何地期待這個時刻，可此刻我的內心似乎沒有一絲的喜悅，我倒是希望那個時刻姍姍來遲，因為我無法同時面對這倆個女人。一個是捨不得放棄的妻子，另一個是感情到了離不開的地步小情人。可是眼前，我必須作出一個選擇，是和妻子惠重溫舊夢，還是和情人琪執著相守。

我開著車，聽著交響曲，只有在心情最為複雜的時候，只有在感到最為不安的時刻，美妙的交響曲會給心靈帶來一種安撫。我想著向琪求婚的場景，我準備好了一枚鑽戒，我要跪下向她求婚。我不能說讓她成為世界上最幸福的女人，可我可以保證讓她一輩子過得輕鬆快樂。想想自己的過去，雖然已經結過兩次婚，可我從來沒有向她們求過婚，也許都是因為居留問題，才匆匆結的婚。我擔心如果琪真的想嫁給我了，如果她一定要舉辦婚禮怎麼辦，我最討厭那種場面了，又累又俗，還要讓別人破費。兩個人自己悄悄地享受新婚不好嗎？

其實我不娶琪的話，我的生活也會過得很不錯，而且輕鬆，也不缺錢花，生一個孩子，享受平靜而又安寧的生活。不過和琪在一起，除了自己對她很寵愛外，更可以和她天南地北地聊天，是誇誇其談也好，是廢話連篇也好，畢竟，同是中國人，沒有交流的障礙，在一起後，有一種「曾經滄海難為水，除卻巫山不是雲。」的感覺，尤其是她不在我身邊的時候，我會變得十分的焦慮和不安。我真的不知道，遇到了琪，是一種荒唐還是一個傳奇。

雖然惠還沒有來，一方面我在為她的到來準備好住房，但同時我對她的態度已經開始變得不耐煩起來，我不知道和她能不能像以前那樣相處，即使能夠，那麼我有沒有時間和精力同時和兩個女人周旋。如果惠懷疑我外面有別的女人，我能不能把事實真相告訴她，說在她不在我身邊的時候，是另一個女人陪伴著我，我們彼此已經深深相愛。如果琪發現我除了她我外面還有女人，我是不是應該告訴她，我和那個韓國女人雖然結過婚，但和她在一起並沒有一種找到幸福的感覺。

昨天又夢見雅萍了，好像很久沒有夢到她了。在夢中，我遇到了看起來有點變老的她，我們見面後相視微微一笑，我還像從前一樣，像個羞澀的少年，不過，我很快就鼓起了勇氣，拉住了她的手。我一定是沉浸在幸福的時刻，就是在夢裡，我還是在擔心會不會是一場夢。在生日的當夜就做了這樣一個夢，也算是上天賜給我的禮物。我沒有告訴琪我的生日，我擔心以後會遇上麻煩。就像我預料的那樣，惠像以前一樣，她還是忘記了這一天。到了第二天她忽然想起來了，才發了個短信，說是要我永遠快樂地和她在一起。和她在一起，還算快樂，可現在我的心，真的已經屬於琪了。經過了近一年的相處，她開始說思念我了，以前她很少這樣直接表白。是的，雖然不時常見面，其實我好像在心裡時常和她交談，甚至是傾訴。我像一個少年那樣，盼望能每天見她一面，可她平時在校期間，我連一個電話也不會打給她，怕她會感動不方便，也怕打擾她。離惠來的日子越來越近了，我的擔憂也更加厲害了。

當我和琪躺在床上抱在一起的時候，我的心裡充滿了幸福的感覺，雖然只是一張小小的舊床，我緊緊地抱住她，撫摸她，還不時地親吻她。她總是那麼地溫順，在激情的支配下，我總是不停地向她許諾，她也會每每輕聲地應聲答應。可是，這種激情背後所隱藏的危險與傷害，琪當然是一無所知，畢竟她還涉世未深。

「我要回國了。」她突然說道。

「回國？又要回國？」我很是感到意外。

「本來不想告訴你的，我也不想回去，可一定要走，後天就走。」

「家裡出了什麼事嗎？」我急切地想知道。

「不能告訴你。」

我沒有再追問。如果別人不想告訴你，一定有她的難處。不過從她的口氣裡，我能感受到那不是一件愉快的事。我想這事是不是和我有關呢，是她家人極力阻止她和我交往，是她家人在她的家鄉為她配親事，還是她父母之間的感情出現了危機。琪一個人孤身在外，她父母除了拼命掙錢供她留學，感情世界到了這個年齡段，應該也是處在一個無所寄託的階段，如果遇到了外在的誘惑，感情出軌也是在所難免。由於她不願告之回國的原由，我也不好多說什麼，除了送了一張飛機票的錢，我只能祝她一切順利。

琪離開的時候，那些天我正好在機場有個工程項目，在她的候機室上面，我看見了她將要乘坐的飛機。我們通了電話，卻無法見面。到了快到中午的時候，我默默地看到了那架起飛的飛機，看著遠去的飛機，我默默地向她祝願。當晚，我就又發了一個短信給她。「看到了你乘坐的那架飛機，卻無法和你見面，有一種咫尺天涯的感覺。總有一天，我要帶你去遙遠的阿拉斯加，去那裡乘坐狗拉雪橇，去體驗冰天雪地裡的溫泉，去看愛斯基摩人捕鯨。」

一個多星期的時間很快就過去了，可是到了到了該回來的時候並沒有她的資訊。我發出去的短信也沒用回音，我變得不安起來，我開始試著給她打電話，一直是處於關機狀態。越是打不通我越是不停地試著打通，在不安中，我開始胡思亂想起來。是她的家人不讓她再回到我的身邊嗎？是她在留學前早已經和別的男人定親了嗎？如果真是那樣的話，那我不是得到了解脫了嗎？

到了星期天的中午，我又試著撥通她的電話，還是關機，我接著再撥，此時，電話的鈴聲卻響了起來。電話裡她告訴我她才出機場，於是我約她晚上見面。

她看起來有點疲憊，心情看上去也不是很好。雖然她還說沒有告訴我這次匆匆趕回去的目的，不過，從她的字裡行間我似乎印證了我的推測。「還是小時候開心。」她這樣歎道。

我給了她一點零用錢，在她被我深情地摟在懷裡的時候，她還是感歎道：「還是老師對我好。」是的，在我的心裡，我想要盡力對她好一點，因為我怕自己以後沒有這個機會了。

開學以後，她便要回到學校讀書了。我幾乎每天忙著工作，業餘時間會去健身和從事自己的愛好，平時我們不見面，也很少有電話聯繫。她現在在學校每天面對的是老師和同學，那些學校裡的同學才應該是她交往的對象，我總覺得自己應該是個局外人。

我突然和妻子好像失聯了，電話一直打不通，突然接到了一個來自韓國的陌生電話，當我接聽時，對方已經掛線了。我立馬打回去，卻沒有人接聽。後來有個女人接聽了，說是她打錯了電話。奇怪，她怎麼會有我的電話號碼，為什麼妻子不打別人打來又說打錯了，一連好多天都打不通她的電話，我心裡隱隱希望和她永遠這樣聯繫不上，我可以一心一意地照顧阿琪。如果我把用在妻子身上的錢也用到阿琪身上，那麼她毫無疑問就會更加依賴以我，我勝算的機會也會大大增加。又過了好幾天，那晚妻子突然打來電話，說她換了一個電話，不久就會來和我相聚。我現在心裡好像只有琪了，她是我的目標，也是我生活的動力。和她相愛，本身就是生活中的一個奇跡。

那天琪突然告訴我她要搬家了，理由是房東的公婆來了，要和他們共用衛生間，很不方便，也不衛生。後來，我就給了她一筆搬家費。好在一切還算順利。她提著東西告訴我：「一切都是新買的。」是的，女孩子捨得花錢買衣服，也許從來沒有想過自己要有一套好家具。

她搬到了一個越華區，這樣她住的地方離我的家就很近了。在她搬了家後不久，有次下班後去那裡買點蔬菜，當我路過地鐵站是，我想會不會她正好放學回家，能過可見她，當然，這個可能性很小。不過，到了地鐵站附近的一個紅綠燈處，我的車停了下來，我看了看右邊的人群裡，卻不想在左邊處看到了一個身穿黑衣服的女人忽然在人群裡走動，我的車停在紅綠燈處，我吃不准是不是她，看不到她的臉，她在講電話，只在人群中看到了她的頭髮的顏色，我覺得好像是她，我的車啟動了，開過她的面前，果然是她，我興奮地按了一下喇叭，向她揮手示意。她看了看我，聽著電話向我招呼了一下，然後我的車就離開了她。她的招呼很平常，沒有我期待的那種興奮，從反光鏡上看她，也沒有向我再張望一下。我頓時感到一陣失落，我不知道自己到底是什麼角色。

過了一會我就和她打了電話，彼此問候了一下。其實我的內心還算平靜，她以後跟不跟著我，我都可以接受。我倒是有點擔心，妻子來了以後，自己能不能和她像以前那樣相處。

不知為什麼她會姍姍來遲，其實在我的內心也許已經希望她因為種種原因不再回來。如果她當時沒有離開，我真的會守候在她的身旁，那時她要離開的時候，我的心是多麼地無奈與傷心。可是一切都時過境遷了，這兩年多的時光裡，一切都在悄悄地變化著，包括我的心。我從在外面尋找發洩對象發展到如今情真意切，說實話我不得不在心裡承認我已經習慣了阿琪了，她給了我溫情，滿足了我的性愛，我對她充滿了期待，我的種種人生的努力也會是為了她，我在想著如何去擺脫過去的那段情感。

我有時喜歡一個人在網上瀏覽過去的老電影，畢竟我和阿琪的出生年代不同，我有許多她不能體驗的時代和情感。有時在回顧那些經典影片時，我會想的同年人，回到那個歲月，想到那時和自己嬉戲和追逐的同齡女生。那時候，我們看過同樣的老電影，同樣被深深地打動過，又同樣對未來懷揣著美好的夢想。可是這一切如今早已煙灰泯滅了，只有多情的人在心中對那些往事依舊戀戀不捨，我和阿琪的情感也成了老少配了，而那時自己或是同伴所追逐過的女生，也許真的變成了令人望而生畏的女人了。這是一個怎樣的殘酷的人生，當初不就是因為她們的緣故才使許多男生臥薪嚐膽幾十年奮鬥最終撐起了一片屬於自己的天地，可是如今她們在哪兒呢，早已變成了一個在小時候看來是老嫗的年紀了，上蒼就是這樣對生命開玩笑。

因為覺得愛的太沉，反而擔心要是有一天，因為某個原因不能再和她在一起了，不能再見到她了，又不知道自己如何面對這個失落。

「想和朋友一起去雪山玩，你會滑雪嗎？」琪問道。

「不會。」

「還是我們倆個去？」

「晚上住在一起會出事的。」我有點懶得出去。

「你不會傷害我的？」

「要是你懷孕了，你媽能接受嗎？」我想先斬後奏。

「我媽會殺了我的，真的。」

「能和你在一起，真是幸福，情感的頭等艙。」

「是嗎，你真會騙人。」

不知道為什麼，雖然很渴望見到她，卻懶得帶她出去，就是吃頓飯也是如此。好像在一起就是為了激情的爆發，事後就想早點離開，儘管會時常牽掛她。因為獨自回到家裡才會感到一種寧靜與自由，我可以上網和畫畫，可以去買東西，可以去辦雜事，可以睡覺，可以去健身，當然平時要忙於工作和掙錢。

時間就這樣一天天地過著，每次去和她見面，我事先都會做許多充分的準備，首先要提前預約，和她確定見面的時間，在打電話的過程中，心裡多少會有既期待有緊張，期待著即將在一起的歡愉的時光，會緊張她會不會接聽電話，和電話裡是不是有著很自然和令人愉悅的談話，儘管只是一個簡單的約會。如果她突然改變約會的時間，我的心裡就會產生一種不安，到底是什麼原因呢，是不是因為和別人的緣故，那個人比我更重要嗎，而我又不好多問改變的理由是什麼。事前我會早早的準備好，認真的洗漱一番，把要給她的東西準備好，一瓶酒、一本書、一點點心和水果，自然包括她每週必要的生活開支。我已經像養自己的女人一樣養她，儘管偶然的見面只是一種放養，當然她的大部分時間和蹤影我是不會去過問的。事實上，時間久了，和任何事物一樣，有時也難免會感到一種疲憊，一種精神上的疲憊，因為這種感覺，就會有力不從心的感覺，就會從一種激情的奮力中轉變成一種精神上的懈怠。我慢慢發現，無論是在一起的相擁的時光還是晚餐的時候，她都會有電話進來，有時她接聽，有時她並不接聽，如果她是我最心愛的女人，這種事情並不是一件令人愉快的事情。我對她總會有充滿激情的話語而她多以微笑或是輕聲應答作為回應，我已經習慣這樣的回應，我並不需要她的海誓山盟，也許她真的還太年輕，還沒有那種心理上的準備和要求。我還會這樣告訴自己，不需要發誓，是因為沒有想過要隱瞞和欺騙。

離韓國的妻子回了的時間越來越迫近了，來了以後一切會是怎樣的狀況，我還是一籌莫展。是兩個女人同時擁有，還是一定要有所取捨，去傷害到其中的一個，我真的無法想像。

除了去上課，阿琪每天好像有很多的閒置時間，學校的功課並不緊張，她也不是什麼讀書的料，也許只是應付一下出勤率而已，這真是可憐了她的父母的一片心意了，他們省吃儉用地為了送這個寶貝女兒出來求學，到底又是為了什麼呢？我不知道她會怎麼去打發那些無聊的時光，除了她會有許多的電話閒聊。我和她每次偶爾相歡又能維持多久呢，儘管我早已做了持久戰的準備，可是我和她的這種交往彼此多少會有一種敷衍的感覺，各取所需罷了。有時我甚至會想，如果我發現她和另一個男人去約會，我也許會立刻終止和她的交往，這樣，無論在精神上或是生活上，多少是一種解脫。雖然我有這樣的想法，可是，每當我和她在一起的時候，尤其是在相歡的那一刻，我真的想永遠地擁有她，為她去付出我的所有。

正在我覺得很彷徨的時刻，她又變得有點主動起了，她會讓我重複我對她講的那句愛昵的話，然後就會感到滿足。是的，當一個女人開始變得主動時，她對那個對象有了情感的依賴，如果男人的本性是縱慾，也許女人更令她感到安心與滿足的應該是生活上的保障。她一面叫我「騙子」，同時又喚我「傻瓜」。現在除了在情感上的不安與徘徊外，和分別很久的女人依然在情感上有點藕斷絲連，同樣令我感動一種揮之不去的憂傷，我離開她的理由是性格不合，可她依舊不肯放棄，我才認識到，去追一個女人也許是幾個月的時間，可想要結束這段感情，卻要拖上很久的時光，還會在心靈上留下永久的傷痕。

母親突然歎息道，自己的往日的同事一個一個的離開了人世，那些同事我小時候都見過，有的在我當年出國的時候還幫助過我，想想也真是的，人生不知不覺地走完了，然後就化成了一堆灰燼，中國人大多沒有宗教信仰，人生正如一場夢。再想想以前的皇帝，把所有的國寶占為己有，等到改朝換代了，所有的東西又成了別人的了，自己充其量只是一個走馬看花的保管員而已。再說說那些被打倒的貪官，終朝只恨聚無多，待到多時眼閉了。更何況，身陷牢獄，死後成灰，終身所貪，最後什麼也沒有留下，生前白白忙活了一輩子，還不如一個小戶入家，家裡的房產留給了子孫後代。

我昨晚徹夜難眠，我還狠狠地摑了自己一巴掌，我欲哭無淚。她的表情慌慌張張，又語無倫次，我終於發現了她在和別人約會，我的第一反應是既然她上了別人的車，就一定會和他親吻。我並不在乎她從事什麼樣的職業，可是就在剛剛離開我之後，就匆匆忙忙地去和別人約會，這是我決不能容忍的，我滿心憂憤，其實我自己沒有時間經常陪她，她在外面和別人約會從某種程度上是她的自由，可是敷衍地打發了我，就匆匆和別人相會，我想我們在也沒有機會了。昨晚幾乎一夜未眠，今天整天情緒低落，沒有辦法，本來就是弄假成真，現在我再次弄到了這種境地，我好想再摑自己一個巴掌，她真的沒有什麼錯，她有選擇的自由，可是畢竟也相處了一年多的時間了，到了後來，每週的生活費少則五六百多則上千，總想讓她過得開心一點。沒想到事情會來的這麼突然，我在發給她的資訊裡表明了自己的立場，不要因為我的存在而影響了她和別人的正常交往，如果是我打擾了別人，我會放手的。我感到自己真的愛上了她，內心感到依依不捨，不過我想我們再也不可能回到以前那樣了，為了她好，也為了自己的尊嚴，我不想再給她機會了。是的，是的，我會永遠永遠地想念她，想到這一點，我真的欲哭無淚。

我和琪之間，彼此留給對方一個美好的回憶是我們最好的結局。這輩子，感情的路也算是走到了盡頭。在不安與痛苦之中，我發了一條資訊給她。「每一次的相會都是快樂的，今天時間有些匆忙了。老師是個『天馬行空，獨來獨往』的人，只是遇見了你，我似乎太過沉湎了。老師真的不希望因為我的存在而影響了你和別人的正常交往，畢竟我和你不是同一代人。當然，我和你的交往是善意的，只是有時善意不一定給人帶來好的結果。

記得早就和你說過，如果我真的打擾了別人，我會放手的。你還年輕，應該有更好的未來！」

我感覺有了一種輕鬆，終於在妻子來到之前把感情糾葛的事情給擺平了，可不明白她為什麼這樣姍姍來遲，什麼事情都是一個「拖」字，就連人生中的重大事件也不列外。她的生活好像只有三件事，吃飯、拉屎和睡覺。很難打通她的電話，問她為什麼老是不接聽電話，回答是「我要睡覺」。我很擔心她來了以後還是那樣，我和她能不能繼續相處下去。阿琪她並沒有給我及時回音，她總是這樣不查看郵箱。過了兩天，見她還是沒有回音，我想她應該明白我的意圖了。她能回什麼呢，為自己詭異而又慌張的行為辯護，還是用同樣的語氣回敬我？我準備好了怎麼拒絕她了，如果她再打電話和我聯繫，我會說太忙讓她等待，說自己什麼時候有空再和她聯繫。我甚至準備好了給她最後的留言「我好多情，我也有點累，也許彼此留下一份美好的回憶，是我們最好的結局。我說過我不會和你吵架，以後也沒有這個機會了，謝謝你給過我的一切，我會永遠地懷念你。希望你幸運！

事實上在一種失落的傷痛之中我更加地思念她了，在心裡咀嚼著以往的點點滴滴，邁於平淡的情感，在失落之中使人產生了一種持續不斷的痛感，這種痛感加劇了思戀，我想，和她分手以後，這種狀態會持續一二年左右，也許，痛感也會令人成癮。我反復閱讀了給她發出去的資訊和準備給她發出去的那個資訊，我甚至感到一種莫名的快感。

上午，我意外收到了她的回信：「我真的不知道怎麼對你說才好，我想你是誤會我了，我只是和朋友一起出去玩而已，不管怎麼玩，也不會影響我們之間的感情，你說你天馬行空，可你也是需要一個心靈的歸宿的，希望你一切安好！」

也許是那句話「不會影響我們之間的感情」的話打動了我，雖然我覺得在她的自辨中反而顯露出她和別人的交往。我仔細地回憶過那晚的場景，先是背著我接了個電話，匆匆說了幾句就掛線了，然後就有點敷衍我，她看起來在趕時間，一開始我並沒有意識到，分手的時候她好像不願意和我同行。「去哪裡？」「回家。」「怎麼從那裡走？」「那裡走安全。」離開她後看見她馬上和人打電話，此時，我才感覺到自己被人忽視，我的開始感到揪心。幾分鐘後，她打來電話問我在哪裡，她不知為什麼對我說了一聲「我愛你」。這可是她第一次這樣對我表白，儘管我對她說過無數次。此時，我開始感到蹊蹺起來，為什麼這樣匆匆離開，為什麼突然打個電話回來，又為什麼匆匆地向我表白？我似乎明白了整個過程，她有了一個約會，打發我以後就要去見那個人，又怕我看到，就打個回電試探一下，又覺得對我有點過以不去，所以就給了我一個出人意料的表白。回想起她從來不願意和我走得太近，我似乎更加證實了自己的推斷。不過我還是改變了原先的想法，我沒有拒絕和她繼續交往，不僅如此，我還提前和她週末的約會。

我又不知道該如何面對現實了，我到底最後會和哪個女人在一起，只有聽天由命了。一幕從來沒有發生過的情景又發生了，而且不早不晚，就在我對她感到糾結彷徨的時刻。我們和往常一樣，約好了見面的時間。她從來都是比較準時的，我早早地就在門外等她了，那時店裡還沒有對外營業。她說她要遲一點到，我在車裡等了一會，看看時間差不多了，我又去了門外等。此時，一個年輕的男孩子也等在了門外，我吃驚是不是他也在等她，也許是他特意早來和她相會，而此時有兩個人在同時等她，她才故意不敢出現。我在遠處觀察了那個男的，他一直等在門口，不時地打電話，又好像在不停地發短信，無論從年紀和外表上，都和她比較相匹配。我不知道我該怎麼辦，是上前主動和那個男生聊天還是等琪來了再說，讓她面對我們看她怎麼辦，可如果真的是這樣，無疑是除了我，她在和別人正常交往，我又何必身陷其中呢？雖然我此時有點一籌莫展，可我還是先打了個電話給她，她說馬上就到，我卻告訴她，外面已經有人在等她了，她好像在趕路，沒有聽太明白。等到她終於出現的時刻，看到她正急急忙忙地在趕路，見面後我故意走在她的後面，可看到她看到那個男生時的反應。謝天謝地，他們並不認識。我和她又在一起了，我總是有一種幸福的感覺。她責備了我幾句，她好像也有點傷心，我不斷地哄她，向她道歉，儘管我好像並沒有什麼錯，可如果為自己爭辯，就會引起爭吵，我沒有這樣做，只是盡力安撫她。再想想早上發生的事，差一點又是一場誤會，嗨，有時懷疑真是愛情之樹的一把斧子。

還有兩周的時間惠就要到了，可到了此時，她居然連機票還沒有去訂，她的拖拉作風無與倫比，因為過了期限她就失去了來澳的資格，要是換一個人，一拿到簽證就立刻把所有的事情辦好了。我不想讓惠失去這樣的機會，可我也在隱隱希望她不會再來了，因為一切都在改變，我感到自己很難也不願離開阿琪了。可是，如果將來真的在一起了，每天面臨平凡的日子，彼此會不會感到非常的無奈呢？惠可以隨意地打發每天的時間，生性好動的琪除了出去找朋友玩，還能做些什麼呢，如果那時朋友圈裡大多數都有了自己的家室，朋友之間的交往變得少了，難道我和她生個孩子，彼此就可以心滿意足地永遠生活在一起了嗎？

也許有的人的命運註定會是那麼地不安，也註定會永遠地孤獨下去，除了看書、畫畫，甚至偷情，我感到生命的孤獨與無奈，有時甚至會有厭世的感覺，況且，我在走向衰老，我不知道這樣下去，我的精神有一天會不會崩潰。難道人生只是為了忍受孤獨、寂寞與貧困。為了生存，需要拼命工作賺錢，為了擺脫孤獨，需要有自己的興趣愛好，為了不再寂寞，我們尋覓愛情。人生就是在這樣的怪圈裡不斷徘徊。在電視節目裡有個女孩說她的生活就是逛街、賴床和打麻將。那些可都是打發時間的好辦法呀，我倒是希望琪也能這樣，只是惠因無所事事而懶過了頭，有的不衛生行為令人感到不可容忍了。

我越來越感到不安了，下個星期惠就要來了，需要收回一套出租房給她使用還有每週的生活開支令人擔憂，而我還欠銀行一百多萬。她是一個不知道省錢的女人，而琪的花銷又在不斷地增長，我要不斷地從存款中取錢，雖然這些讓琪感到滿意，可我就變的有點力不從心了。「我真的欠你太多了。」她感歎地說道。「那你就嫁給我好了。」我脫口而出，「我幫你，是因為平時沒有時間陪伴你，我感到對不起你，你去參加什麼技能班，算是老師對你的補償。」是的，平時我要工作掙錢，沒有時間陪伴她，就是到了週末，我要抓緊時間搞創作和健身、休息，還有其他的生活雜事，和她只是短暫的待一會兒而已。「嗯。」她應道。「我幫你，不是說將來你就一定要嫁給我，你有選擇的自由，老師做的就像流傳的那句話，不求天長地久，但願曾經擁有。將來能不能在一起，也許還要靠緣分。」可是，因為有了我的存在，她真的能夠自由地去選擇嗎？她一個留學生的，我也擔心耽誤了她的青春，也許遇到了我，因為有了依賴，會有意或無意地放棄其他的機會。就算有一天我真的離開了惠，她的父母又怎麼會讓自己唯一的寶貝女兒去被一個中年人去糟蹋呢，不會的，死也不會的。到那時，她又該怎麼辦，我又該怎麼辦？除非我是一個名人，也許就另當別論了。就像琪自己所說的那樣，「欠了我許多」，如果不遇到我，她又會是什麼樣的生活狀況呢，也許她父母永遠不會瞭解。他們也許以為，省吃儉用為自己的女兒交了學雜費，她自己再去做一份零工，就解決了生活問題。其實生活的開支要遠遠高於學費。一份零工還不夠付昂貴房租，當然是分租，況且不說零工並不好找和收入低下。生活費的開銷更大也更廣，除了吃飯，還要交通費娛樂費，女孩子更要逛街買東西，美容和交際，這些就是一個全職的工作也只能夠維持，所以很多留學生尤其是女留學生，如果不是被人養起來，恐怕就是從事色情的工作。更何況，他們中的許多人，並沒有在學校認認真真地讀書，而是在糟蹋父母的血汗錢。

天氣變得越來越冷了，還有三天惠就要來了，一想到她快要到來，我就感到心慌意亂。畢竟，我們已有快兩年的時間沒有見面了，她此時的到來使我感到內心的困頓，又將是每週不菲的花銷以外，還有沒准哪一天就會被琪撞見，雖然心裡想好了，如果真的被撞見，那就只能攤牌了。也許除了我，她還有別的比較親密的人交往，洋人的可能性多一些，這是我的直感，儘管她不會承認，畢竟，我和她實在是可以說是偶然的交往，儘管彼此住的地方不是很遠。如果她真的有這種交往，我也是無可奈何的。可如果她發現了我和其他女人的交往，那麼，她和別人哪怕從前真是普通的交往因為傷心的緣故可能就會升級成愛戀式的交往，當然這樣的結果其實也不錯，雖然也會令人感到心痛，可畢竟也是為了她好，女人到了這個年齡，應該有個好歸宿了，不然，就太遲了。

對於惠的突然降臨，我擔心她如今會不會一下子變得又老又胖，對於一個習慣了吃吃睡睡又無所事事的女人，很難避免這樣的狀況。我的心變得很累，一個將要面臨的女人，我感到無從應對，一個正在交往的女人，又感到遙遙無期。

明天她就來了，分別了很久，在電話裡終於可以說「明天見」了，真感到有點不可思議。可我現在的生活滿滿的，她來了，就會有一種溢出來的感覺。可在電話裡聽到她的聲音，儘管只是「嗯呀啊」的，卻令人感到一種寧靜和安逸，琪說起「老師」的時候雖然很甜，卻充滿了迷惑。時常想到她可能會和別人約會，相處到如今，一切還在雲裡霧裡。她居然沒有及時買定好的機票將導致延誤而過了簽證所規定的有效入境期，我簡直不敢相信這是一個事實。我憤怒之極，失望之極。我不是曾希望她因某種緣故來不了嗎，這樣我就可以安心地和琪交往下去，現在好像真的發生了，我才感到我還是依然愛著她，想到她的種種好處，畢竟，一夜夫妻百日恩，這是情侶之間難以達到的境地。在失望之極之際，在電話裡大發了一通脾氣之後，我感到自己失去了什麼，她拖拉的生活作風由來已久，可沒有想到這麼至關命運的事她也是如此。她說對不起，我說是她對不起自己。問她如果來不了了怎麼辦？她說我也不知道，還是和從前的口吻一樣。有的人脾氣壞，有點人太拖拉，有的人耐不住寂寞。我想到了琪，抱著試探的心情打電話給了琪，她好像蠻開心的，並沒有我想像的那樣在和別人約會，對於我的電話，她多少有點意外，平時除了週末，我幾乎和她沒有什麼聯繫，除非有什麼急事。我想再和惠通電話，可她始終沒有接聽。一切簡直令人不敢相信！

我希望她來，滿足她的願望，畢竟我們是夫妻，可有隱約覺得來不了省了許多事，唉，這個令人悲催的女人，這個令人不可思議的女人。我能做什麼呢，一切聽天由命吧。

電話還是無人接聽，不知道她現在的狀況，是不是運氣好能有一張多餘的機票，此時一下子內心發生了某些變化，對於她變得粗粗的大腿和胖胖的臉龐也感到無所謂了，本來還擔心自己會討厭這些，現在感到這些都很正常。想到以前她對我的好，對我的恩愛，使我感到對她情義深深。

上午突然來電她已經到達澳洲，說是從香港轉機來的，現在在澳洲的凱恩斯，估計下午才能抵達悉尼。她終於還是來了，欣慰之餘就感到對琪的一種愧疚。我只能臨時放下手裡的工作，到時就去了國內航班的機場。我在候機室等著，此時我最大的心願就是她到了以後，及時地把她安排在賓館裡。讓她好好地睡一覺，畢竟她在路上輾轉折騰了二十幾個小時。

看著一個又一個出來的人群，卻始終看不見她的身影，好像人都走了差不多了，還是沒有見到她的身影，我又懷疑是不是又搞錯了時間和地點，不過我還是焦急地等著。終於還是一眼就看見了她，她比我想像中要瘦許多，我仔細地看了看她，她有一雙難得的不用整形的大眼睛，這在韓國女人中較為難得。畢竟有過以前的經歷，雖然分別快兩年了，可幾分鐘彼此就有了以前的感覺，在一起不要刻意為之，隨意行事即可。由於路途的勞累，幫她安排好了住宿，我如釋重負，就去忙著工作了。我開著車，感覺到對琪的歉意，更無法保障她的將來。如果她把命運的賭注全押在了我的身上，那又將意味著什麼？晚上和她通了電話，她總是這種不冷不熱的語氣，她今天沒有課，下午時我還很擔心被她撞見，那是她放課的時間。現在真的開始要在她們之間周旋，我自己也迷失了愛的方向。

一見到琪，心裡充滿了幸福快樂的感覺，她有南方女性的柔情，又有北方女孩的豪爽，我好想娶她，不過我怕婚禮，怕她的父母。給她講了有關女人嫉妒的兩個小故事，又從日本人求婚的臺詞到西方騎士式的表白，西方人願為「一吻而死」，那是一種浪漫，而對中國人來說，那是一種悲劇。

事實真的就是如此，她就像一個奄奄一息無藥可救的病人，面對她的慵懶和愚鈍，我幾乎絕望了。我只能想著琪，我也不知道能和琪走多遠，只能是走一天算一天，就像穿越沙漠的人，不知道有沒有明天。為什麼自己的境地會是這般，如同一首歌裡所唱的那樣，又一次愛又一次錯。本來以為她簡簡單單，可她除了無所事事就是睡覺，而且不講衛生，醒來後不刷牙就吃東西，不清洗就鑽進被窩，令人無法忍受。我想我會儘早和她脫離關係，儘管她唯一的愛好就是愛我，因為她自己的懈怠，所以對別人也沒有什麼要求。

我不能給惠太多的時間，她一個人暫住在賓館裡實在無聊，在賓館裡住了兩天她就想回韓國了，這出乎我的意料，不過她如果真的要走了，我會感到一種輕鬆甚至是解脫。我希望和她分居兩地，這樣的話我的生活就可以照常。和她一起在悉尼逛街的時候最令我擔心的就是會被琪看到，如果真是這樣，我也不知道該怎麼辦了，不過就像一個被警方長年追捕的逃犯，如果有一天真的被警方拘捕了，到也有一種解脫的感覺。在夜幕下我和她一起走著，看著熟悉的街道，還有商店和餐廳，感覺時空穿越了三年，我和她好像昨天才分開的，現在她回來了，一切還是照舊。所不同的是，幾乎所有以前的她的那些從韓國來的朋友，因為各種原因現在都不知去向了。以前她最不願離開悉尼，所有的朋友都在這裡，回韓國居無定所，況且還要和我分開。現在的情況正好相反，我工作忙，沒有時間和她在一起，她又沒有了以前的朋友，留給她的只有孤獨與寂寞。就算是和她在一起，除了生活上的雜事和各種開支的增加，也沒有什麼可乙太多的交流。

我對她的情感變得複雜起來，已經沒有了在一起生活的願望，唯一捨不得的就是彼此這些年的付出和她對我的愛，我努力使自己有和她在一起生活的熱情，一份真摯的情感是來之不易的，我和琪的年齡相差太大，從心底裡也不想耽誤了她的青春。我希望她和別人有正常的交往，可如果她真的去和別人戀愛了，我會和她繼續保持那份情感嗎，如果讓我無意中撞見了天和一個洋帥哥在一起逛街或是吃飯，或是突然發現她和一個男人在同一輛車裡，我還會和她繼續交往嗎？就算琪想和我長久的在一起，將來她父母的極力反對我和她又如何面對。對於我來說，最好的辦法就是逃避現實，讓惠待在韓國，繼續和琪交往，也不去想和她的未來，忙著工作、掙錢，還有健身和從事自己的藝術創造，這樣的生活才是最佳的狀態。事實上惠很快就要回來，琪在一天天的長大，她的身分問題和婚姻問題也會變得日趨突顯。不過就目前而言，能夠和琪在一起相歡，是我最為渴望的。

琪還太年輕，也貪玩，除了上課，和週末的一天的零工，她把所有的時間和心事都會花在玩的上面。人生最怕的除了貧窮以外恐怕就是寂寞了，尤其在海外，西方人習慣了平靜的生活，而對於生活在這裡的華人，無論是學生還是老人，寂寞的生活會人感到窒息的，難怪惠來了幾天之後就又跑回韓國去了。未婚的女人可以找同伴玩，可以一切去逛街，購物或是找地方去吃一頓，當然這些都需要資金的支援。而對於我自己來說，除了工作和自己對藝術的一份熱忱，在空閒的時光尤其在沒有創作熱情的時候，寂寞同樣困擾著我，在這裡，我幾乎沒有什麼朋友，很多人都是這樣的，無論是東方人還是西方人，生活基本上是一種無憂無慮的狀態，可寂寞和無聊也隨之而來，所以酗酒和毒品總會有很大的市場，酒吧總是熙熙攘攘，經常光顧賭場的人也是大有人在。雖然我的內心會感到寂寞無聊，有時甚至會有一種崩潰的感覺，雖然在外人看來，我既不缺錢，也不缺女人，還有藝術上的追求，可我的生活同樣面臨著心靈的危機。我不會去找琪去打發無聊的時光，在她的心目中好像我總是在忙碌，一刻也停不下來，可將來真的在一起，很多的時光度都是在一起無聊甚至是爭吵中度過的，好像我和惠基本上就是如此，只是我把不滿留在了心裡，這也使我產生了一種恐懼。夫妻之間的爭吵當然起因是因為抱怨，親人之間講話少有顧忌，直截了當，這樣反到容易受到傷害，對於外人會顧及別人的面子，有時虛偽一點到使人感到更體面。每次去健身時總會看見一對老人，也不算太老，他們的孫女或是外孫女在游泳池裡游泳，而這對老人總是在一邊坐著看護這，長此以往，這便是他們的生活和寄託，看起來無所事事，全部的心事在兒輩和孫輩身上，我不知道自己能不能像他們這樣生活，如果不能，就會是另一種結局，像大多數西方人那樣，在養老院裡孤獨而終，更壞的結局就是因憂鬱而導致自殺身亡，這就是所謂的城市病所致。

今天和母親去寺廟拜佛了，在眾人面前，我總是比較羞於跪拜磕頭之類的舉止，不過，我還是向佛像和父親的牌位祈求，祈求保佑我在藝術上有所成就和婚姻上的美滿。想想有點可笑，每個到這裡來的人，幾乎都是祈求菩薩保佑自己達到目的，向一個宣揚萬事皆空勸戒清靜寡欲的神靈祈求達到自己的願望豈不荒唐，可世人就是這麼做的，還把貢品和善款作為向菩薩賄賂的手段，這如同向乞丐打借條，有點慌不擇路的感覺。

不知道為什麼，琪也開始叫我「老公」了，儘管我叫她「老婆」已經很久了，每次和她在一起，和她相擁在一起的時候，我就會情不自禁地這樣稱呼她，她以前從來聽了只是一笑而已，最好的回報就是偶爾的答應一聲。可是現在不同了，她開始願意這樣稱呼我了，我除了感到驚喜之外，我也清楚自己的境地是什麼，和惠不是說分手就可以分手的，同樣，和琪不是說結婚就可以結婚的，現在的男人已經沒有了同時要倆個女人的權力，留給自己的只有內心的無止境的掙扎。我所擔當的角色，永遠只是一個情魔的角色，一個騙子的角色，有點道義，也有點無恥。

我在路上開車的時候，在擁堵的路上，我會從音樂台聽一些世界名曲，雖然不經常播出，沒有流行歌那麼擁有太多的聽眾，但是經典的作品卻有永久的生命力。我突然會想到，即便是我排除了千辛萬苦，最終能和琪在一起生活了，可當她年近四十的時候，那時候，我真的已經很老了，如果她遇到了一個三十出頭的年輕力壯又風流倜儻的西男她會抵擋得住嗎？就是名導演娶了一個太過年輕的女人，也會多生幾個孩子來拴住小女人的心，至少讓別的男人也怕了。可我不行，不可能那樣去做。想當年民國的年代，就連總統夫人也曾一度情迷異國年輕的外交官，這是人性，自然也是我的迷茫。

現在每次和琪相會，毫無疑問會有一種幸福的感覺，這種感覺是以往的積累，也有對未來的憧憬，更有現在的迷醉，總之，是一種令人渴望的情懷。我習慣了她的容顏、身體、氣息乃至她的性格和語調，彷彿一切都融入了身心，無法分割，也因為如此，才會有一種深深的感激之情，會在她的面前盡情地釋放自己的衝動與情懷，發一點點瘋，那是對身心最好的補償。

在琪面前，我始終要像一個不倦的鬥士，要在她的面前呈現出一幅美麗的前景，儘管我有時會感到力不從心，也會感到自己的無奈與不安。而在惠面前，我可以是一個平凡的男人，甚至是一個需要別人憐惜的病人，自然也不用憂心忡忡的活著。

一天天就這樣活著，生命在一天天的消亡，琪也在一天天的長大，惠在慢慢變老，從前想和她生兒育女的計畫因為遇到了琪的緣故也只好暫時擱置了，很快她就會變成一個老女人，一個一無所有的老女人，我也不知道怎麼辦，一切只是跟著自己的機緣和慾望前行。在中國的農村，因為男人的外出打工拋下了妻兒，有的甚至常年不歸，或是出於貧困無臉回家或是出於情感的變故，家裡長年留守的老小生活的很淒慘，住著危房，拿著低保，過著牛馬一般的生活，而那些個貪官，到處包養情人，為了栓住那個男人的心，他的情人們紛紛生下了和他偷情的孩子們，累積下來就是一打半打的，直到貪官一朝倒臺了，留下了一批的可憐的人，那些都是因為太窮或是太富的原因，而我自己，不窮也不富，可卻因為放蕩不羈的性格對自己對別人，又會造成多少的傷害。真的，有時覺得有一個相愛的女人，生兩個孩子，有一間不錯的房子，平平常常的過日子該有多好，可自己偏偏不是那樣的命，一心想出人頭地，又不斷地被情迷惑，最終又不停地違背自己的誓言，過著令人不安的生活而陷入一種不可自拔的怪圈，有時甚至覺得自己已經到了精神上幾乎崩潰的邊緣。有個著名的詩人因為情感的危機最後殺了自己的妻子然後上吊自殺了，以前所有的榮耀只是一個精神病患者所築構的海市蜃樓。假如去告訴一個年輕的女人，請你遠離那些野心勃勃的作家和詩人，她也許永遠不會明白其中的道理。

昨天打電話給琪，她說她的感冒好了，聽到她的聲音不再模糊，我想她的感冒好了。她告訴我去做了一個美容，排了毒，感覺好多了。我告訴她我要去健身了，我喜歡星期五晚上去，因為人少，人越少我越興奮。城市生活太擁擠和嘈雜了，也離自然越來越遠了。是的，有人說道：如果晚上聽不到夜鷹的啼叫聲，路邊的池塘裡沒有了蛙鳴聲，人生還有什麼意義？是啊，悠揚的鐘聲和枯樹上的烏鴉，這才是最美麗的景色，一排排林立高樓使人一個個精神失常。我時常感到，如果娶了琪，我要活到一百歲才可以，這個很難，也很辛苦。上午見到她，在激動之餘，我感到她的化妝好像有些多餘，我還說盡情的擁抱和撫摸她，包括她的私處，這樣才更有老公的感覺。她說美容花了三百多，我答應給她做美容的費用，答應她，女人興奮，男人滿足。

「有個日本女作家說，小時候哭著對媽媽說，我長得醜，像你，長大後她對媽媽說了同樣的話，卻是溫馨地笑著說。」我告訴她。

「長得醜，小時候哭著說，長大了，笑著說？」她重複道。

「小時候在乎的是外表，長大後，尤其到了中年以後，愛和緣分更令人感激。有一天你變老了，你還是我的小寶貝。」

「騙子。」她滿意地笑道。

我每週都會早早地把那份錢為她準備好，無論有什麼事，花錢的事我都會額外支出給她。不過在我的心裡感到開始疲倦起來，我希望她讓我為她儘量少負擔一些，這樣似乎更讓我覺得她善解人意，這種美德也更令人願意為她付出。也許生理容易伺候，可心理就不那麼容易了，那是一種境界，愛的境界，哪怕自己長得醜，只要像自己的媽媽就滿足了，這樣的女人有多美啊！

把惠一個人晾在韓國心裡總感到過意不去，這自然有經濟上的原因，可如果為了節省我的開支，她竟毫無怨言地體諒我，她又是多麼的單純和善良啊。毫無疑問，在我不斷地欺哄琪的同時，我也在不停地透支著惠對我的情感。窗外的一顆柏樹開始枯萎了，我有想離開琪的感覺，也許她太年輕了，也許我的負擔過重了，她喜歡不斷的汲取，一個人如果會在利益面前推諉一些，也許更令人感到愛的力量，和中國的女人同居，她們老是惦念著男人的錢包，同樣是日本的女人，她們更講究公平的付出，後者會令人感到輕鬆，前者會令人感到疲憊，儘管在達到目的之前，男人往往是不計成本的。當然這也不能怪琪，在她的觀念裡，老公就應當多付出一點，理由是她選擇了他。

在迷迷糊糊躺在床上打瞌睡的時候，窗外傳來了隱隱的像是學校廣播裡傳來的聲音，思緒一下子把我帶回了很久很久以前，可感覺上並不是這樣，那是雅芳讀技校的工廠傳過來的廣播聲，隱隱約約縈繞在耳邊。那是高中畢業不久在讀專校的時光，那若隱若現的廣播聲使我感到一種惆悵卻又溫馨，在以後很多年的日子裡，每當聽見隱隱的廣播聲，就會有一種夢牽魂繞的感覺，會想起雅芳的臉龐，好像這種記憶永遠也不會褪色，哪怕到老了，也會如此。當然，她早已不是從前的那個她了，按照時間的推算，她已是年近半百了，那個從前的少女早已不復存在了。那時她才十八歲，可我還能像從前那樣和她一起去溜冰嗎，帶著一個徐娘半老的女人不再是身材苗條的少女，而是體態臃腫行動遲緩的女人，一想到這樣的場景，恨不得一頭撞死在牆上。穿越時空的記憶的碎片，像不落的星辰，永遠地保留在心靈深處，成為生命中不可缺失的情感部分。說起來，如果雅萍是初中時代情竇初開時就遇到的女生，那麼雅芳則是高中畢業後，第一次真正約會的女生。那是很久很久以前的事了，就像感到自己永遠不會死去那樣，感覺那不是太遙遠的往事，好像觸手可摸，卻又永遠無法再現。初中時見到雅萍的感覺，那是一種純粹的精神上的嚮往，沒有任何雜念，雖然彼此從來就沒有說過一句話，只是彼此含情脈脈的眼神告訴對方。如果今生有機會能夠再遇到她，最大的心願就是能夠和她說上一句話。可是，上帝會答應我嗎？高中畢業後邂逅了雅芳，一樣是高挑挑的女生，還有一點水靈靈，而我當初還是一個既靦腆又涉事未深的專校學生。如果說，和雅萍的情感經歷了好幾個年頭，那麼，和雅芳的只是僅僅幾個月而已。一段僅僅經歷過幾個月的情感，也會刻骨銘心，可見愛是永遠不會被忘卻的。如果說那時的情感還是一種青春的追逐，到了如今，依然沉浸在情感的泥潭之中，不能不說自己是肉欲情魔了。其實，我還是巒希冀琪能夠找到屬於自己真正的歸宿，只是因為經濟、身分和情感的困擾使她滑向了我這邊，甚至令她不可自拔。可她哪裡知道，正是這種麻醉一般的毒品，使她很可能失去了未來。而對於我自己，澈底的倒向任何一方，都是一種罪孽，而這一天，也許遲早會來到，只是當下我不願意去面對現實而已。

快八月底了，門前的兩顆小桃樹又要開花了，記得去年還有前年，每當開花的季節，我就為他們拍照，想留住這個春光明媚的景色。同時也令人歎道：歲歲年年花相似，年年歲歲人不同。記得幾年前吃桃子，母親把幾個桃子核種在了地下，當時如果扔進垃圾桶也就扔了，可把他們隨意中下了，就出現了生命的奇跡。每個人看到桃花盛開的時候，都會為之讚歎。等桃花短暫的開放過後，就會有許多的果實結出來，當看到一顆顆果實的時候，會為之感到喜悅。有時漫步在外，看到許都開放著奇異的花卉，不得不想到「天上的星星為誰閃爍，地上的花兒為誰開放？」大哲學家康德說過，令他敬仰的是「天上的星星和內心的道德」。在太陽系中究竟發生過什麼已經無法知曉，可月亮是地球上夜晚的自然光，星光為天空增加了無窮的魅力。這一切是自然和偶然的嗎，不會的，行星間的距離符合一種數學的模式，在火星和木星的小行星帶，應該是一顆行星的位置，是不是因為他的粉身碎骨後才形成的小行星帶已經無法得知，如果是那樣的話，無疑宇宙是一個有意識的超級大腦。而我們的大腦只是一個微乎其微的小宇宙。

琪晚上打電話給我要辦一張美容卡，我立刻答應幫她辦，當我很快答應了她之後，聽見她傳來興奮的聲音，我也為之得到了一種安逸。留學生來澳本該是勤工儉學，可她除了兩三天的上課，為了打發時間，她已經報名參加了美容課程，如今又要像一個閒太太那樣想經常去做美容。女人為了美，是願意付出任何的代價，而這個代價當然也要我付出。她向我開了口，使我少了一份情感上的擔憂，卻多了一份經濟上的負擔。

「腿上的汗毛太多，做幾次鐳射就可以永久去除。」

「不會影響排汗嗎？」

「不會。」

「那麼好吧，反正本來就很光滑的大腿變得更光滑，讓我摸起來感覺會更好，我出錢也是『羊毛出在羊身上』。」

琪聽了笑笑。

「老公摸你是權利，養你就是我的義務了，讓我永遠這樣壓在你的身上好嗎？」我亢奮地問道。

「嗯。」

「那你答應我了。」我的意思是求婚。

我不太喜歡用鑽戒求婚，好像是看在鑽戒的份上才答應求婚的，更不喜歡跪著求婚，實在放不下這個尊嚴，糊里糊塗的才好，糊里糊塗的結合，沒有婚禮的過場，才符合我的心意。如果天天可以吃好的，就不需要在請客的時候才能吃的好一樣。可將來琪能答應我這麼做嗎，還有她的父母，會把女兒嫁給一個老男人而沒有一場隆重的婚禮嗎？

和琪的感覺越來越近了，可內心卻隔著千山萬水，一想到遠在天邊的惠，時不時會有一種親密無間的感受，要不是那段時期的分離，這次團聚後就可以無憂無慮的生活在一起了，還可以有個孩子，有一個家庭的感覺。惠因為長期的獨居生活，雖然有生活費的保障，睡懶覺的習慣和長期食用速食麵的關係，加之水果和新鮮蔬菜的嚴重不足，她的體形尤其是身上的關節處的皮膚出現了變異的症狀，可是我現在無心也無力把她留在身邊，看到別人一家其樂融融，我真的不知道自己應該怎麼辦才好。一切都是由於自己的縱情所致，如果說女人永遠覺得少一雙鞋的話，那麼男人好像永遠缺少一個情人，鴛鴦夫妻只有像丹頂鶴這樣的動物才能做到，況且，愛是一種永久的忍耐，更是一種自卑的補償，腿短的喜歡長腿，眼睛小的喜歡大眼，而心理的補償才是愛的動力，可惜，我和惠已經缺少了那種動力，僅有的是她的真誠與樸實，沒有心機和虛偽，也因為缺少了某種必要的「虛偽」，她的過於慵懶與不加掩飾令人感到乏味，必要的虛偽已經成了一種不可缺少的禮儀。

每天日復一日的重複的事情讓人感到厭煩，從起床、漱洗、吃飯、堵車、匆忙、工作，忙到下班，又是吃飯、洗漱、看電視上網或是健身，還要為別人的生活操心，每週的花銷與帳單，生活實在是一種永久的勞累，可是無所事事又令人感到很空虛和孤獨，生命有時真的令人感到是一種苦役，每個人都在自欺欺人地等待著，只是到了絕望的時候，就產生了厭世的情懷。藝術家是天生的病號，他們有迷人的才情，卻大都是瘋子或精神病患者，就像阿爾卑斯山上用來做小提琴的松樹，只有那種病樹的材質才是最上乘的，而且還帶有美麗的虎皮花紋，做出來的提琴，有著無與倫比的美妙的音色。沉香來自於受傷的沉香樹，同樣，美麗的珍珠產生於病態的牡蠣。

我總是會想著幫琪找到一個真正適合她的男人，這樣就對得起她的命運了。查了她名字的命格，說她是在對的時間遇到了錯的人，在錯的時間遇到了對的人。唉，面對這種說法，我只有歎息。在我的內心深處，我真的不知道如何去面對她的父母，也不想去面對他們。琪喜歡喝白葡萄酒，而且是新西蘭產的。我會時常地帶兩瓶給她，這使我想起了幸田露伴《鍛刀記》裡老婆為了愛喝酒的丈夫賒帳打酒的故事，公婆倆一起買醉，那是多麼溫馨的生活啊。可我能為琪「打酒」多少年呢，我真的不敢去想，只是她閉著眼睛躺在那裡讓我隨心所欲的撫摸她的身體時，我又想起了川端康成的《睡美人》的場景，在有著一種特別服務的店，讓一個老年男人去撫摸服了安眠藥後昏睡過去的年輕美女。說他是一種變態，其實人性化的事物，許多是變態的。我在想，如果是一個患了絕症的老年男人，像癌症之類的病，化療和放療沒有多大作用時，能不能採取這種變態療法，啟動人體內的荷爾蒙，達到了治癒的效果。事實上有些這樣的病人的康復，是通過非醫療手段，像旅行這樣的方式而發生奇跡的。

如果說絕症有時都可以得到治癒，那麼，情感的絕症可不可以也發生奇跡呢？在我和琪的這種情感是不是面對她的父母也是一種類似絕症呢，那麼又怎麼來挽救呢？有時在路上，當我想到這個問題的時候，我開始了一種奇特的表白，假設面對她的父母，尤其是她的母親，一見面，我就先發制人般地，用著那種有點不可一世的語調開始了我的陳述：

我不想多說什麼，以免引起不愉快的爭論。這裡是一百萬美金，你可以收下當然也可以拒絕，我誠心誠意地希望您收下，我的的用意也不必多加說明，當然這不是一樁買賣，僅僅是我的一片誠意，希望您的生活快樂，您的女兒也會如此。不好意思，容我先就此告別！

我不知道她母親會是什麼態度，也許會悄然接受，也許會勃然大怒，我不知道，心裡也沒有一丁點的數。於是我接著轉向了另一種陳述：

您好！在我們開始談話之前，我想先說明一下，我其實並不想佔有您的女兒，這一點，我們的立場是一致的，只是現在出了一點狀況，我們要一起讓她明白想和老師在一起是一種不明智的選擇，有的男人只可以敬仰，卻不可以陷入感情的漩渦裡，她應該有一種合理的、能夠讓人接受的那種對象，而不是一種看起來很不理性的感情，當然，感情和理智往往是矛盾的，所以我們的工作就是讓她不再執迷不悟，放棄對老師的迷戀，找到一個能讓她可以依託終生，同時也能令您滿意的對象。

有了這樣的一段表述，她父母還能責備我什麼呢，我也不能容忍別人在我的情感問題上大加指責，因為情感是沒有是非對錯的，如果她離開我，就會得到真正的幸福，我當然也非常願意這樣做。也許我還可以這樣向她母親表述：

我一直想見到您，您女兒是一個懂事的孩子，她比同年人要成熟許多，至少在她身上沒有太多的孩子氣，這當然和您對她的教育培養有關，過去在學校，她就是一名學生幹部，作為學生幹部，她的言行自然要比同班的同學成熟穩重，和老師的溝通也會多一些。確實如此，我感到她性格穩重，處事不狂躁，這對一個像她這樣年齡的女孩子是很難得的，您要相信她的選擇，也許在別人的眼裡很成問題，可她體驗了許多年了，有了自己的判斷和依託，怕就怕沒有一個令她會有這種情感的再次出現，或者說就算有了，卻經不起時間的考量，這也很正常，在當今社會也普遍，還有就是誰能保證那個男的身體不出一點狀況，這樣的事也時有發生。就算一切看起來使人心滿意足，可她必須不僅要為一個家分擔沒完沒了的家務事，還要為了所謂美好的生活像一個農夫那樣辛勞一輩子，這絕不是您願意看到的。我是這個年齡了，不應該有這種非分之想，可事情到了如今，也是出乎我的意料，我身體底子好，又沒有任何的疾病，況且，我已經為他留下了她今後富足生活一輩子的財富，這樣，我才敢去面對她。她現在的生活，平時溜溜狗、做做美容，比較悠閒。像我這樣的老男人，年紀大一點的女人是渴望不可及的。我相信我會一輩子寵愛她，讓她像一個小孩子那樣無憂無慮地過一輩子，我能做到，就像她小時候您寵愛她那樣。總之，您女兒不是傻瓜，她有自己的考量。

我真的不知道這些說詞有沒有用，也許一切真的只能聽天由命了。我習慣了親她、撫摸她，這是我生命中僅有的歡樂。時間總是過得很快，她在不知不覺中長大，而我，毫無疑問在一天天地變老，惠也是如此，本來想過和她一起撫養我們生的孩子，可如今我變得很迷茫，在焦慮與不安中度日。雖然自己看上去還不算老，可這樣的時光上天還能給我多久？惠離開悉尼已有一個多月了，如今她一個人獨自在首爾，平時也不經常地聯繫，我想她也生活在孤獨之中，雖然有幾個交往的朋友，可她的生活就如當年在紫禁城壽康宮裡居住的年輕太妃那樣，雖然不怎麼缺錢花，可那種年紀輕輕就過上了養老的日子，畢竟是沒有多少歡聲笑語的。

在網上想尋覓從前的故人，我也希望他們能夠找到我，如果能夠找到無論是大學還是中學的，甚至是小學的同學那該有多好。可惜，真的很難發現，如果有任何從前的戀人的資訊，那該是多麼地令人陶醉。真的倒是找到了一個，是一個詩人的資訊，看到他模糊的相片，很難回想起從前的那張臉。介紹他從前的生活倒有點意思，說他從前在大學裡讀書時就在校園書店裡買過近兩千本書，這是一個令人難以想像的數字，他回憶起自己大學時代的生活，基本上是上午在寢室睡覺，下午踢球玩耍，在一家小飲食店吃過晚飯後，就徹夜地看書和寫詩，詩稿也經常能發表，把稿費的一部分用來打點老師，所以考勤就不成問題了。那時候大有成吉思汗一統天下的豪情，以為自己是時代的驕子，也會贏得漂亮女生的青睞。可事實上，如今他的處境，遠不人一家開餛飩店的老闆，人家還能包養年輕的女大學生，而他在大學裡過著有點寒酸的生活。要說到在澳洲的幾個會寫寫小文品的女人，在報刊雜誌上發表了一些作品，心氣卻高的很，不是獨身就是蕩婦，還以名人自居。古人雲，女子無才便是德，用在她們身上應該是不錯的。

就在我感到似乎激情正在慢慢消退，有一種應該能夠改變什麼的願望。一成不變的生活會令人煩膩，彷彿只有戀情能使生活有一點樂趣，至少是處在一種激情的狀態下。激情像火焰，燃燒時往往令人失控，可隨著時間的推移，火焰也會慢慢變弱，這個時候也許是反思情感的時候了，情感會從飛蛾撲火的狀態下變得顧慮重重，任何一種模式都會是一種精神上的羈絆。所謂的婚姻都是在一種放棄中求得單一的生活圍場，有人選擇了單身的自由，卻又身處一種不安與恐懼之中。我想，琪在海外留學幾年，除了每年昂貴的費用還有青春的流逝幾乎一無所獲，是生命中的一場折騰，這種折騰要比一場失敗的戀情付出更慘重的代價。學業基本上處於一種荒廢的狀態，情感的孤獨、經濟和身分等原因很容易使人滑坡到一種病態的狀態下，女孩子的生活不只僅僅是學業，她們需要情感的依託，平時需要逛街、購物、美容、休閒等，為了打發無聊的時光或是擺脫寂寞無聊，她們會廣泛交友，這種生活的狀況不是在國內的父母支付一點學費，然後讓他們的孩子出國「勤工儉學」那麼簡單，生理和心裡的需求在沒有任何的監管之下，是很容易走向一種依賴的生活，而不是獨立生存的能力。我不知道再過幾年等到她回國的時候，她到底收穫到了什麼，除了人生的經歷。

窗外的松樹在慢慢地枯萎，本來以為像這樣的一顆樹會永遠地成活下去，沒想到會這樣快地悄然地死去。一顆樹如果要長青，就要不斷地有新的嫩芽長出來，一個人如果要保持長青，也許就要不斷有新的戀情。女人老的快，也許是因為婚後把所有的情感放到了她們孩子的身上，只有天生永遠多情的男人，才會不那麼容易變老。在演藝界的男男女女往往青春長駐就是最好的例子。枯樹有枯樹之美，就像日本人喜歡看櫻花的凋零，從消亡之中感受到存在之美。琪依偎在我的身邊，我感受到了一種溫馨，如果沒有真摯的情感，是不會體現出這種情不自禁的溫情的。我拉著她的手，她把頭輕輕地靠在我的肩上，是的，在我像她這個年紀的時光，我就體驗過這樣的情懷，一種令人終身難忘的，又催人淚下的情懷。這種親密的依偎，雖然沒有激情的縱慾，可我感受到了一種戀人般特有的溫馨。如果有一天把這種記憶也撕成了碎片，也許我真的毀了她的一生。如果可能的話，我倒是真的想永遠保持這樣的狀態，可琪在一點點接近婚嫁的年齡，惠也會再次回到我的身邊，我這個多情的騎士，我該如何是好？

戀情好像是發燒的過程，總會有退燒的時候。況且，平息了慾望之後，內心會溢出一種擺脫之意，難道這是自己內心的一種聲音。無法承受惠失去一切所帶給她的絕望與痛苦，這或許是一種憐憫，可憐憫本身也是一種愛意。是的，在我滿懷激情的擁吻琪的時候，我的內心只有一種願望，我要娶這個女人。可琪並不真正屬於她自己，她屬於把她養育成人的父母，天地下沒有一個做父母的會願意自己的寶貝千金被一個老男人騙走，而這個男人自己也會處在情感的烈火中炙烤，除非他們的社會地位差別懸殊。我似乎從一開始的縱慾，如今自己好像在苦撐這段情感，一段沒有未來的、迷茫的、充滿危機又捉摸不定的漂流的情感，這樣的情感，一旦過了狂熱的階段到了理智占上峰的時候，內心就會不時地感到隱隱的陣痛和不安，這當然不是人們想要的那種隨意和悠閒的情感，誰會願意永遠提心吊膽的過日子，哪怕是個逃犯，也會感到疲憊不堪。我開始感到自己活得有點累，從某種意義上講，我似乎什麼都不缺，可自己的境遇又使自己生活在一種與不安寧的狀況之中。我並不喜歡奢侈的生活，事實上在對於琪的情感上，那無疑是一種情感上的奢侈。簡樸的生活令人隨心所欲，簡單的情感也會如此，在和惠的交往中，我更容易做到毫無顧忌，相反，在和琪的交往中，卻時常令人憂心忡忡。

又一個中秋節即將來臨，在昨晚和一個朋友的晚餐上，好像有一陣子沒有一起晚餐了，年輕的和年長的體貌變化都不明顯，可屈指數來，已經有大約五年的時間沒有在一起聚會了，每個人都在歎息時間這樣不知不覺地流逝。每天的忙碌和重複的工作，時間總在一天天地流逝。琪還年輕，可是她已經開始很自然地叫我「老公」了，我還是這樣沉湎於和她的交歡之中，她又搬了家，她又有點感冒了，她開始做美容了，女人總是在這樣的碎事中生活，惠也告訴我她要搬家，並準備把她的行李托運過來，她準備好了要長久地住到悉尼。我知道自己早已成了騙子的角色，可是和琪的情感越來越深，她彷彿對我已經有了一種託付終身的願望，而我內心中還是這樣舉棋不定，或者說我只能這樣得過且過地過著每一天。每一天，過著重複而又簡單的生活，為這長期的和當下的慾望所奔波。彷彿每一個人天生就有一顆流浪的心，好像天涯海角才是自己的歸宿。城市的生活為了物質，就得起早貪黑地忙碌。看板上充滿肉欲的美女還有肉店外牛排的照片就是這個城市的動力。人心的貪婪早已到了無以復加的地步，有人說罵男人是狗狗那是對狗狗的侮辱。狗狗通人性，可以隨意地交配，卻不貪婪，更不會一天到晚對著雌狗產生性幻想，也不會貪婪地老是盯著路過的雌狗偷看。

在高速公路上，每天一大早五六點就開始車流繁忙了，到了一天過去了，晚上七八點還在堵車的路上往回家的路上趕。人們到底在忙什麼呢，在路上如果車速慢了一點，後面的車輛就會很不耐煩，總得想法超越甚至還會情不自禁做出冒犯的舉動；如果車速稍稍快了一點，就會被路上的測速機照下或是被巡邏的員警攔截，總之要受到處罰。所以必須不快不慢，每天在規定的時間起床，規定的時間吃飯，規定的時間上下班，所掙的那份薪水，為的是每月各種各樣的帳單，包括用水用電。以前沒有這些費用，土地、水和空氣一樣，人生來就有權享有。現在不同了，累死累活地幹，為的是一棟房子，沒有土地，出生前就已經欠了這筆賬，一出生就來到了這個險惡的世界。

雨後天晴的時候，太陽忽然間刺眼地照射著，天邊時常會出現一道亮麗的彩虹，偶爾會出現兩道彩虹，美麗的彩虹總會令人墜入遐思，可是，那只是一種虛幻的場景，雖然它看起來好像是真實存在的。也許畫布上的彩虹才是真實的，可那又是想像出來的。到底是天邊的幻影是真實的還是畫布上的畫作更真實，沒有人會講的清楚。是的，有時候許多的事情不去想清楚，也許會令人感到更加美好。人的一生不是永遠地活在一種期待之中嗎，這和活在虛幻之中又有什麼差別呢？

今天的網絡遊戲是虛擬世界，昨天是記憶，明天是幻想，也許只有今天才是現實，從某種意義上講，昨天和明天也是一個虛擬世界。人的命運可以預測，如同遊戲的程式設計，也是一個虛擬世界。女人活在現實世界，她們賦有良好的直覺，她們需求名車、名包，一切那麼真實實在。男人需要理想與追求，需要生活的邏輯，需要對女人許諾，也是一種虛幻。

我已經不敢想像有一天琪會離我而去，她是那麼地沉穩和平靜，像她這樣在海外生活了多年的人，以後是很難再適應原來的生活環境的。國外的生活平靜，不張揚，平等自由而且沒有恐懼感，也不用像在國內那樣總想著要出人頭地，彷彿人人都追逐一種榮耀的人生。在這裡可以說自由散漫已成了一種習慣，可事與願違，不知道為什麼，一切來的如此突然、如此意外，彷彿玉皇大帝下的一道聖旨，命令七仙女重返天宮。琪突然告訴我她要終止這裡的學業，要回國內，可能要好長一段時間不能再回來。她不願意告訴我真實的原因，我只能從她的語氣中感受到，一定是她的家經受了什麼變故。相對平靜的生活突然間像一顆樹被一陣狂風吹倒了。彷彿以前那種所有的不安的生活，甚至有點令人焦灼的日子如今好像就是想要也要不回來了。人生就像一場夢，可留在心中的往事更像夢中夢，那些往事，真的就一去不復返了，從此以後，所有的的過往只能在心裡湧動，咀嚼那種永遠的苦澀。我真的好想挽留住她，哪怕放棄其他所有的一切也在所不惜，我甚至有一種和她一起去死的願望，要是身邊沒有了她，我的生活真的還有什麼意思嘛？以前多少還以為自己只不過是一種情感上的貪欲，如今我全部的身心感受到的是一種毀滅，一直對生的無望。

戀情會這樣主宰著人性，本來還以為是一次可有可無的遊戲，可如今已是生命中不可缺失的養份。是不是她的父母關係破裂，是不是她的家人遇到了什麼疾病或是災難，這樣讓她決定放棄學業，離開情人和朋友，如果不是家裡的人遭受到了意外的不幸，她是不會做出這樣身不由己的決定的。我們在一起，一雙淚眼相看，我給了她一筆錢，並告訴她任何時候需要幫助，一定要告訴我。

「你會來瀋陽看我嗎，將來你會娶我嗎？」

「你是老師的小寶貝，早已成了我生命中的不可缺失的一部分，相遇本來是一種偶然，本來你在澳洲遇見的不應該是我，或者可能是另一個我，我的孿生兄弟，可我作為一個細胞的時候，跑到太猛，是險勝，所以你才會遇到了我，我也是，本來遇到的那個人會是你的孿生姐妹，因為你還是一個細胞的時候，你跑贏了，所以就有了你，有了我們的相遇。一切是神的旨意，是命運的安排。如今要分開覺得生命不再有意義，等一切風平浪靜以後，讓老師娶你吧。」

「將來你一定要來娶我。」我不忍心看她流眼淚的樣子。

我沒有去機場送她，因為我會崩潰的。看著天空上的飛機，我在想，當初她真的不應該來澳洲留學。我彷彿感受到了李商隱寫的《無題》。

相見時難別也難，東風無力百花殘。
春蠶到死絲方盡，蠟炬成灰淚始幹。
曉鏡但愁雲鬢改，夜吟應覺月光寒。
蓬山此去無多路，青鳥殷勤為探看。

赤色童年

一

又是一個國慶日到來了，路上，到處是飄揚的紅旗。遊行的隊伍敲鑼打鼓，高高的建築物上都佈滿了彩燈。到處是熙熙的人群，有的路口不能通行，並有那些頭戴鋼盔、手持鐵矛的人把守。高懸的喇叭在大聲地廣播，不停地播放著《國際歌》樂曲，還有阿爾巴尼亞、朝鮮、越南、老撾等全世界友好國家的賀詞。

到了傍晚時分，大街上一片燈火輝煌，在蘇州河岸邊，那裡已經擠滿了人群，有人爬到車頂上，大家正興高彩烈地等候著煙火的出現。隨著幾道探照燈光在空中的亮出，終於到了開始放煙火的時刻，人們興奮地仰著頭，每當看到煙花的升空與綻放，就會情不自禁地發出陣陣的歡呼聲。

節日過後，住在河岸邊居民樓裡的小學生們像往常一樣，聚集在河濱大樓的小花園裡分班排著隊。此時，一（四）班班長王蘭萍站在隊伍前，舉著班旗，在鄒書珍老師的帶領下，向學校走去。

河濱大樓位於蘇州河北岸，在舊上海屬於英租界。小花園是當時住在大樓裡的英國人停泊學小汽車的地方，在樓裡西側的一排排小房間裡，還住有當年給英國人做女傭的老太太。現在小花園裡已經沒有了那些象徵著資產階級生活方式的花草樹木，有一些高年級的同學，在花園中間的泥壇裡種起了試驗田。

鄒書珍老師年近三十，體型削瘦，梳著倆條短辯。她總是教這個區域的學生，並以此為自豪。她把學生帶進了教室，學生們很快就坐好了。教室裡，黑板上方是毛主席像片，像下是毛主席的題詞：好好學習，天天向上。教室裡的牆上貼有雷鋒、王傑、黃繼光、劉胡蘭等英雄人物畫像，還有紅小兵的宣傳畫，畫面上有首詩文：

身在教室，心向北京。
胸懷祖國，放眼世界。

鄒老師向大家推薦了王蘭萍、林子青和柏枚三位同學，又例舉了他們在德育、智育、體育等方面的優良表現。隨後是大家舉手錶決，大家都同意了他們三位同學加入紅小兵。鄒老師又道：「同學們，紅領巾是紅旗的一角，她是革命先輩用鮮血染紅的，我們要繼承革命先輩的遺志，為共產主義事業而奮鬥終身。」

下午，學生們在校外被分配在各個小組一起做作業。王蘭萍、柏枚、陳有為等人被分配在林子青家裡。林子青是幹部子弟，他父親參加過「解放戰爭」和「朝鮮戰爭」，後來復員到地方上當局長。他母親也是共產黨員，在基層工作。林子青有倆個哥哥，大哥林子軍在讀高中，二哥林子明在念初中。林子明雖然年少，可他已經是河濱大樓出名的霸王了。林子青天生伶俐可愛，大家都非常喜歡他，加之他是幹部子弟，二哥又是個霸王，所以他平時盡可以任心胡為。

那天上午，學校裡組織聽「憶苦思甜」廣播，鄒老師擦了擦黑板，並在上面寫到：不忘階級苦，老記血淚仇。廣播裡講的是在舊社會童工的悲慘故事，鄒老師聽著，不禁眼圈紅了起來，隨後，同學們也忍不住地哭了起來。廣播結束後，學校還派人送來了糠團子讓大家吃，那東西吃起來非常苦澀，大家只能把它掰成小塊，像吃藥片那樣用水一併吞下去。說是在舊社會，勞動人民連這個東西也吃不上。

中午放課後，王蘭萍、柏枚還有陳有為便到他們父母工作醫院食堂裡吃飯。從走廊到食堂大廳，牆上都貼滿了大字報。在食堂大廳裡，一排排的大字報用鐵絲吊串起來，人們只能在大字報的夾層裡穿來走去。在賣飯菜的視窗前，有座毛主席的半身塑像，那些被打成「牛鬼蛇神」的壞分子，他們在買飯前，必須先要在塑像前三鞠躬，然後才可以去買飯菜。吃飯時，他們要坐在食堂的一個角落裡的桌子上和別人分開坐。大字報的內容孩子們還看不懂，但他們看到：寫到「毛主席」三個字和毛主席語錄時，用的是紅色的，寫到「劉少奇」三個字時，便把字顛來倒去地寫，再用紅色劃上「X」字。

在一張空桌上，王蘭萍和柏枚坐在一起，陳有為坐在她們的對面，王蘭萍抬頭看著眼前的大字報，一字一句地念道：「叛徒、內奸、工賊劉少奇，如果讓他的陰謀得逞，中國就會變成修正主義。」

陳有為聽了便道：「選接班人最難了，因為小偷偷錢包，一百次總有一次會被抓住，而選接班人，一百個總有一個是壞人，到時，中國就會像蘇聯那樣變成修正主義。」

「不對，從千千萬萬個中選一個最優秀的，一直這樣下去，中國就永遠不會走修正主義的道路。」王蘭萍辯道。

旁邊的柏枚，抿嘴笑了笑，又道：「你看他的鼻子，多像劉少奇，還說中國也會變成修正主義，買飯前也該像毛主席三鞠躬。」

她們又一起嘲笑了一會，陳有為也不再說什麼，他快快地吃完了飯，便坐在那裡等她們一起去林子青家裡。

從第一人民醫院走過四川路橋，便到了郵電大樓。在樓下的報廊裡，有許多劉少奇、鄧小平的漫畫像，報紙上有許多批判文章和刊頭宣傳畫，還有革命現代京劇的劇照。有《智取威虎山》、《紅燈記》、《沙家浜》、《紅色娘子軍》等。他們一起在報廊裡看了一會，此時，天上忽然滿布黑雲，接著就下起了雨滴，又是一陣雷響。

「快走吧，要下大雨了。」柏枚叫道。

「同志們，暴風雨來了。」陳有為學著戲裡的一段臺詞，又唱道：「要學那泰山頂上一青松。」一邊唱著，邊和她們一起跑了起來。

當他們沿著蘇州河岸跑到一個船碼頭時，班上的鄭國榮正和幾個人在那兒玩耍。船碼頭上堆放著許多用麻袋裝的鹽浸大頭菜，此時鄭國榮正在用手使勁地扒開麻袋口把一隻大頭菜拉出來。當他回頭看見了他的同學，便道：「喂，你們在一起談朋友啊。」

「你不要下流好不好，小心我去告訴鄒老師。」王蘭萍正色道。

「你在做什麼，你想偷大頭菜吃是嗎？」柏枚追問道。

「沒有，我只是看看裡面是什麼東西。」鄭國榮本想趁著下雨去拿一些大頭菜，現在被同學看見了，他只好放棄。

「那大頭菜還沒有鹽好呢，它的顏色還是青的，要到它顏色變成醬油色，然後洗乾淨，再切成小快，放些糖和麻油拌好才可以吃呢。」陳有為說道。

「我知道。」鄭國榮道，「我又不是吃，我只是看看。」

忽然，雨大了起來。

「快走吧。」王蘭萍又叫道。

當他們又一起跑到小花園前，突然，柏枚「哇」地一聲驚叫起來，隨後，她便愣愣地站住了。

「好像有人從樓上跳了下來。」王蘭萍驚叫道。陳有為和他們一起驚怕地站在那裡，他們不敢再往前去。這時從大樓門口衝出一個男人，把那個跳下來的人從地上扶起，旁邊又有人向他叫道：「快放開，她是自殺。」

這樣，那人又把她放開了。此時，又有不少人圍了上來。王蘭萍、柏枚、陳有為小心地從人群後面走了過去，便一起衝進了河濱大樓們口。他們上了電梯，人們還在議論著，到了七樓，他們一起去了林子青家裡。林子青的外婆開了門，見了他們便道：「又有人跳樓自殺了，他們在視窗看呢。」

「我們知道了，那人差一點跳在我們的頭上。外面下著雨，我們正跑著，突然就在我們前面跳下了。」王蘭萍說道。

當王蘭萍和林子青的外婆說著話，陳有為早已衝了進去。此時，林子青和他的二哥林子明正伏在窗臺上看下面，陳有為也擠了上去。

「那個人的屍體好像縮短了許多。」林子明說道。

這樣，他們遠遠地看了好一會，那屍體被雨淋著，只有路過的人驚詫地打量著。

待他們做完了工課，柏枚說她害怕不敢一個人回家，林子青的外婆便叫林子明把他們一一送回家。林子明笑道：「害怕什麼，這死人又不會活過來。」

「人家小姑娘害怕，就樓上樓下送一送有什麼關係。」

他外婆正說著，突然門鈴響了，林子明去開了門，見是鄒書珍老師來了，便熱情地叫了一聲：「鄒老師」，又道：「他們正要回去，因為今天外面有人跳樓，他們害怕，我正要送他們回家呢。」

他們說著便走進了房間。

「本來早該來的，誰知吃了午飯突然外面就下起了雨，我想等雨停了再走，誰知雨下個不停，只好借把傘再出來，走了幾家，本來還要再走幾家，看時間不早了，就直接先過來了。」鄒老師說道。

說話間，林子青的外婆正端茶進來，林子明便接過手，遞給了鄒老師。

鄒老師坐在床邊，笑問道：「你媽媽出去了？」

「去居委會開會，不知怎麼到現在還沒有回來。」林子明說道。

「鄒老師過去教了小明，現在又教小青，小明是誰的話也不聽，只聽鄒老師的話。」他外婆也在一旁說道。

「你囉囉嗦嗦些什麼呀。」林子明有些不耐煩地說道。

「不要對外婆這樣的態度，以後小青也跟著學樣，這樣多不好。」鄒老師說道。

林子青聽了，只是笑笑。

「一直是這樣的，外婆哪敢多說一句話。」

「我把小明帶到畢業才帶新班，別的老師教一二年就換班了，我喜歡一直帶到畢業，這樣師生才有感情。過去有學生寫老師大字報，班上沒有一個同學寫我的，我對他們很好，他們才不會寫我的呢。」鄒老師喝了口水，又對林子明道：「你爸爸馬上就要從外地回來了，你也要爭氣一些，不要在外面惹是非，不然，我也是沒有面子。」

「你放心，鄒老師，我現在是最太平了。」林子明道。

「不要和那些壞孩子教朋友，和他們在一起就不做好事，我最不放心的就是這個。」鄒老師說道。

林子明只是點頭說了聲「知道了。」接著，鄒老師又轉向她的學生們，對陳有為說道：「你看，你也要爭取進步，這樣我才會批准你加人紅小兵。在學校做了幹部，將來在工作單位也會做幹部，所以從小要注意表現和影響。」

陳有為不太懂鄒老師講話的意義，只是不好意思地笑著，王蘭萍、柏枚也都在笑。隨後，鄒老師起身要走，林子明跟著要送鄒老師一程。

「今天你就不用出去了，我還要送他們幾個回家。」鄒老師道。

「沒關係，我們先送他們回家。」林子明說道。

於是，鄒老師和林子明把他們幾個樓上樓下地一一送回了家。

二

春天的一個上午，鄒書珍老師帶著她的學生們來到了虹口公園。大家一起先是參觀了魯迅紀念館，黑黑的墓碑塑像，看起來陌生而又嚴肅，學生們並不瞭解墓的這主人，卻早就聽說過他的名字。隨後，大家一起圍坐在草地上，聽鄒老師講故事。今天給大家講的是《雞毛信》的故事，當故事講到一半的時後，有個叫潘堅的同學舉手問道：「怎麼偏把那封信藏在羊尾巴裡呢，這樣它撒尿都不成，人想撒尿找不到地方最急了，沒想到羊也會這樣。」

說得大家哄笑起來，鄒老師也是制不住地笑著。講完故事後大家在草地上跳起了長繩，誰把繩跳停了便要去揮繩。此時，陳有為和鄭國榮在揮著長繩，大家一個接著一個地跳過。當輪到柏枚跳時，他們故意放了個吊繩，她把繩跳停了。她知道是他們故意弄的，她只是低頭笑著。柏枚是班上最漂亮的女生，家裡條件又好，是個獨生女，所以她比班上的其他女生穿得都漂亮，還有她平時的吃、穿、用，都成為同學們的羨慕對象。

當她走到鄭國榮那裡接繩時，鄭國榮便悄悄地告訴她：「不是我這樣做的，等一會我幫你報復。」

鄭國榮是班上的大王，他父親早逝，母親帶著四個孩子，靠在集體加工場的低微薪水，維持著最低下的生活。

接著，陳有為和柏枚揮著長繩，當輪到王蘭萍跳時，陳有為又放了一個吊繩，王蘭萍跳停了繩。柏枚說道：「是他放的吊繩，剛才我也是被他放的。」

王蘭萍聽了，走到陳有為面前，嚴肅地問他為什麼要這樣做，陳有為便辯道：「我的手長，她的手短，一揮繩子就吊了起來。」

鄒老師聽見了，便向王蘭萍說道：「陳有為最會講假話，你現在去接柏枚的，讓陳有為繼續揮下去。」

陳有為無奈，繼續揮著長繩。

中午的時候，大家坐下來吃乾糧，同學們都自己帶麵包和水。林子青坐在陳有為旁，說道：「等一會我們去划船，四個人租一條，一小時每人一毛錢，再加每人五分錢壓金，一共是六毛毛錢。」

「我媽媽才給我兩毛錢，你有多少錢？」陳有為問道。

「我有五毛錢，今天我還要去買只乒乓球，昨天我二哥把我的那只弄壞了。」林子青道。

「昨天下午我看見小明和另一個男的在一起，旁邊還有倆個女的，有個路過的小姑娘看見了他們，就罵那個女的不要臉，後來那個女的也罵起了那個小姑娘。」陳有為道。

「我二哥是河濱大樓的大王，那些女的知道了，都想跟我二哥好。」林子青道。

待大家吃好了乾糧，鄒老師便讓同學們自由活動。於是，林子青、陳有為、曹雲海、潘堅四人組成一組，商議著划船的事。

「如果大家玩得開心，到時我們繼續玩下去，兩毛錢的押金不要了，我們多玩一小時，這樣我們就佔便宜了。到時，我們把船隨便靠在一個地放，就上船走掉。」林子青道。

「我們先四個人上船，然後靠岸再上兩個人，這樣大家就可以省些錢。」陳有為道。

其他的同學聽了反對，說太多的人擠在一條船上沒勁。這樣，他們還是四個人租了一條船。

待他們上了船，管理人員用船篙把他們的船撐入湖中，他們一人一條船槳劃了起來。

當他們劃到一個橋口時，旁邊的一條船裡正坐著柏枚、歐陽萍等女生，她們也正劃向橋口。林子青、陳有為見了她們，便拿船槳用力把她們的船推向岸邊，使她們的船和河岸猛地撞了一下，她們都驚慌地叫了起來。忽然，一槳水朝他們打來，此時，鄭國榮正和幾個男生向他們劃過來，接著，兩條船便開始了水戰。林子青、陳有為、曹雲海又趕忙脫下身上的衣服，讓潘堅抱著他們的衣服從船上跳上岸。當船靠岸時，船頭向岸邊撞了一下又彈了回去，而此刻潘堅慌忙中上岸時正一腳踩空，於時，他連人帶衣一起掉入水中。他們馬上停了水戰，一個個跳入水中撈衣服。這時，一條公園裡的管理船駛來了，把他們叫上船，他們被帶到了一間房裡關了起來。那房子又破又暗，裡面放著幾條失修的船。他們的身上沒有衣服，又冷又濕地在那裡發抖。

不一會兒，管理人員找來了鄒書珍老師，並把濕漉漉的衣服還給他們。鄒老師怕他們受凍生病，就派人去買了幾包即溶薑茶，用熱水沖後讓他們喝下。他們又連連打了幾個噴嚏，穿上了別人的幾件衣服。

第二天回校後，鄒老師讓全體同學作自我檢討，內容是誰有過資產階級的生活作風，亂花了錢。先是柏枚舉了手，她站起來說自己買過冰磚吃。天熱時，同學們都是向父母要錢買冰棒或雪糕吃，因為冰磚要貴許多，而柏枚此時此刻卻炫耀了自己。

有天下午上課前，柏枚正和倆個女生走進教室，鄭國榮和幾個男生聚坐在後排，他用一塊小鏡子中的太陽分反射光照著柏枚的臉，她笑著走了進來，又對著鄭國榮罵道：「你不要那麼騷。」

鄭國榮聽了，覺得很沒面子，便回罵道：「誰要騷你這只爛貨。」

那些男生聽了，便哄笑起來。接著，王蘭萍和趙麗紅一起走了進來，那個叫聶建興的叫道：「快點把馬桶拎出來。」

說著，他們又大聲地笑了起來。他們和趙麗紅都是住在一條弄堂裡的領居，因此誰都知道別人家的事。趙麗紅是個不聲不響的女生，由於她坐在王蘭萍旁邊，因為王蘭萍厲害，所以男生也不敢欺負趙麗紅。而聶建興剛才這樣亂叫，是譏笑趙麗紅的母親是個清潔工人，每天清早，她母親要推著糞車到弄堂裡幫人家倒馬桶。趙麗紅一聲不響地坐下了，而王蘭萍走上去制止他們。

上課的鈴聲響後，地理老師帶著一張中國地圖走了進來。當她指著地圖說到黃山時，便哪念成「黃加」，還有「大別加」、「喜瑪拉雅加」。隨後，坐在下面的聶建興便像唱山歌一樣地叫道：「黃加大別加喜瑪拉雅加。」

說著，大家哄笑起來。那老師便氣呼呼地要把聶建興拉出教室去。拉扯了一會，突然，地理老師「哇」地一聲，那聶建興在她手上狠狠地咬了一口。王蘭萍見況，馬上到辦公室去把鄒老師叫來，那地理老師還在一旁哭著，見到鄒老師便訴說道：「他在下面大聲怪叫，引得大家哄鬧，我就要把他拉出去，他就咬了我一口。」

鄒老師聽了，正色道：「太不像話了，我一定要告訴他的母親，並讓他寫檢討書。」

隨後，鄒老師把聶建興帶了出去，地理老師又哭了一會，才繼續上課。

放學後，聶建興和鄭國榮商議著要寫一張鄒老師的大字報。鄒老師得知後，頓時變了臉色，當晚，她就趕到了鄭國榮家，讓鄭國榮取消這個念頭。鄭國榮的母親也叫鄒老師放心，她一定不會讓自己的孩子做這樣的事，又說了些鄒老師平時怎樣關心他的事。鄭國榮從小就沒了父親，生活的負擔全都落在了他母親身上，每年新學期交學雜費，鄒老師便動員全班同學一起出錢幫助鄭國榮。在學校裡，每學期都有人拖交學雜費，學校就搞完成交費的評比，鄒老師總能得到學校的好評。鄭國榮的母親只是責備自己的孩子不懂事，鄭國榮又推在聶建興身上，說他是想寫地理老師的，而聶建興說要寫鄒老師的。又保證他明天一定叫聶建興不再寫大字報。鄒老師放了心，又說了些關於過去也有學生寫老師的大字報，但從來沒有同學寫過她的等話，然後才告辭回家。

當鄒老師趕回家裡，已是晚上六、七點了，她丈夫告訴她，兒子有點寒熱，已經給他吃了藥。鄒老師聽後，馬上走到床前，摸了摸兒子的額頭，說道：「不行，我把他帶到醫院去看看，有個學生陳有為，他母親在醫院裡工作。」

他們一起幫孩子穿了衣服，鄒老師抱起了兒子，她丈夫陪她到了車站。

當鄒老師抱著兒子到了陳有為的家裡，他母親王秀珍一看便知道了什麼事，忙問：「是不是孩子發燒？」

「是的，今天我在學校有事，才剛剛回家，看見他病成這個樣子，我就又趕來了。」鄒老師說道。

「現在天氣一冷一熱，一不小心就會受寒發燒。」王秀珍說道。

王秀珍又叫陳有為和他的哥哥一起好好待在家裡，他們向鄒老師說了聲「再見」。王秀珍更了衣，急忙帶著鄒老師去了醫院急診室。他們先到了「觀察室」，那裡有好些人坐著排隊，口裡插著體溫表。裡面的人見了王秀珍，向她點了點頭，等她接待的病人一走開後，王秀珍便走上前在她的耳邊說道：「是我小兒子的老師，她孩子發燒。」

那人聽後，向鄒老師招了招手，鄒老師趕忙抱著孩子笑了笑走了上去。在坐的病人只是看看他們，知道他們是熟人，也不介意。帶孩子量了體溫，王秀珍又把鄒老師帶到「打針室」，那孩子一見有人提起針筒，便亂哭起來。於是，打針的人邊哄孩子邊快快地做完了。王秀珍又和她的同事聊了一會，待鄒老師又抱起孩子，他們便離開了醫院。

路上，王秀珍問了些陳有為在學校裡的情況，鄒老師這樣那樣地說了一番。到了一個小賣部，王秀珍便給孩子買了兩隻奶油蛋糕，鄒老師千謝萬謝。等他們在車站上了車，王秀珍才回家。

三

河濱大樓是一座英租界時期建造的巨型建築物，也是舊上海的地標之一，建築物呈「5」字型，那彎型的地方環抱著樓下的小花園。這裡是孩子們經常集聚玩耍的地方。轉眼又到了暑期，那天上午，各小組的同學完成了小組學習，便又聚到了一起，他們沒有像平時那樣去樓下玩，而是在一個封閉的電梯口，撬開了旁邊的太平門，又破窗通過電梯頂上的機房，翻進了樓頂上的平臺。那裡是一個沒有人煙的地方，風卻很大。

此時，蘇州河裡已有人在游水了，有的人會站在橋頭上往河裡跳水，也有的人爬得更高，他們會爬到橋邊的水泥電線柱上，向人展示他們的膽量與技巧，引得不少路人圍觀。當一輛白色的巡邏艇駛來時，那些在河裡游水的人便會愴惶地逃跑。那是水上員警來抓人了，有時會從水陸兩路來捕捉他們，那些沒能來得及逃跑而被抓住的人，就會被水警押到須巡邏艇上示眾，然後再被帶到警署受罰。

孩子們在樓頂上玩了一會，很快就有房管所的管理人員來抓他們了。孩子們很快就跑得無影無蹤。

王秀珍下班後回到家裡，她帶回了兩張《沙家浜》的戲票，晚飯後，陳有為和陳俊便沿著蘇州河岸，去一個劇場看戲了。

傍晚的時候，有人會提著魚杆，在河提上行走，不時地把捉住的魚裝進一隻手提的水袋裡。有時退潮時，便有人在河床上摸螺螄捉小蟹。

這時，納涼的人群也出動了。他們在路邊上放好桌椅，或是下棋打牌或是聊天，也有人在空地上表演車技，各種高難度的表演像是玩雜技的，還有玩響鈴的，不僅轉起來會發聲，時而把它拋向空中，時而把繩子繞到身後，只見那木鈴從一頭滾向另一頭。

陳有為跟著陳俊，正沿著蘇州河邊走著，口中唱道：「新四軍就在沙家浜，這顆大樹有力量……」此時天色漸漸地暗了下來，晚風正徐徐地吹著。路上正迎面走來倆個中學生樣子的男孩，他們抽著煙，搖晃著身體，神氣活現地走著，那樣子是在向人示意，他們是不可招惹的。當然，如果遇上漂亮的女孩子，他們會肆意搭訕。

路過人民醫院的時候，他們兄弟倆在花園裡的樹下的泥地裡找小洞，洞口似蚯蚓洞一般，挖開後如果現出拇指大小的洞口，便是泥蟬洞，只要把它挖出來放到樹枝上，幾個小時以後，泥蟬就會脫殼而出。

他們又一路走到劇場，入坐後就看見了幾個王秀珍的同事。在離陳有為的不遠處，那裡坐著王蘭萍的母親，她向他們招呼了一下又轉向幾個旁邊的同事說道：「這是王秀珍的倆個兒子。」

「是啊，都長這麼大了，記得那小的非常調皮。」一個跟著說道。

「王秀珍的丈夫在外地工作，倆個孩子都是她一人照顧，她小兒子是我女兒的同學。」王蘭萍的母親說道。

「你爸爸什麼時候回來？」有人問道。

「下星期就回來。」陳有為回答道。

王蘭萍的母親又問了些學校裡的情況，陳有為告訴她：「班級裡許多男生欺負女生，沒有人敢欺負王蘭萍，她是班長，鄒老師又喜歡她。」

「要是有人欺負王蘭萍，你要幫她，將來她給你做老婆。」她笑道。

旁邊的人聽了大笑起來，陳有為卻感到不好意思，那些人見他懂事，便越加笑個不停。王蘭萍的母親又道：「他從小就叫我『丈母娘』的，後來長大了一點，就不肯再叫了。」

有人笑道：「快叫一聲丈母娘，王蘭萍給你做老婆要不要？」

「我不要！」陳有為答道。

說得大家又大笑起來。

看完戲以後，他們兄弟倆又回到了那顆放有泥蟬的樹下，果然，他們在燈光下看到了一隻色彩斑斕的剛脫殼的知了，陳俊拿在手上看了看，便道：「這是一隻雄的，他現在還不能叫，到明天太陽出來的時候，它的身體會變黑，就會叫了。它的翅膀還沒有完全伸展，也不會飛掉。」

他們把知了放在一根樹枝上，把它帶回了家裡。當陳有為尋找他母親時，鄰居告訴他，他母親去了他外婆家。他們感到有點奇怪，明天是星期天，母親可以帶他們一起去外婆家，為什麼晚上就一個人去了呢？

第二天一早，王秀珍就叫醒了他們，並告訴他們外公病了，而且病得很重。是他們的姨媽從鄉下來，帶回了許多肉製品，老人一時貪嘴，吃多了不消化，引起大量腹瀉。

當王秀珍把他們帶到外婆家時，他們的外婆對著王秀珍說道：「他去了，他去了。」王秀珍聽了，馬上進屋來到了床前。屋子裡很暗，陳有為站在一旁，他沒有看清楚外公的面容，可當大人們把被子翻開時，他聞到了一股刺鼻的味道。當晚，家人在一起守了夜。到了第二天一早，就來了一輛運屍車把屍體運走了。

過了一天，陳剛收到了王秀珍的電報便匆匆地趕了回來。他是一個精力匆沛的中年知識份子。而現在，學校裡的大學生都是從工人、農民、解放軍中挑選出來的先進份子在大學裡進修學習。當王秀珍告訴陳剛他父親怎樣病故後，又道：「我是該早點給他輸點葡萄糖，稍稍慢了一步，他就走了，這樣快。」

陳剛聽了，只是不停地安慰了一番。又聊起了老人後事的安排，還有學校裡批鬥教師的情況。

追悼會那日，親屬和鄰里都聚在了陳有為的外婆家，當人們離開家門口時，老人便叮囑家人一定要在靈堂放些花圈，家人只是叫她放心，並讓她等在家裡，不要傷心。老人又道：「我不傷心，他七十八歲了，該走了，他先走了，我也快了。」

家人又說了些安慰老人的話，便一起擠上了一輛卡車的貨位上，手扶鐵欄，去了火葬場。到了追悼會大廳，不一會兒，忽然聽到一聲門響，那是遺體車被推了出來，家人走到幕布後面，見到老人的遺體，便哭叫起來。老人安詳地閉著雙眼，陳有為看著他的外公，心想：「外公死了，有一天自己也會死掉。」

隨後，大家一起站到了幕布前，隨著哀樂默哀了幾分鐘，又念了悼詞，再向遺體告別。待追悼會結束後，大家又上了卡車。一路上，家人把花圈上的紙花不斷地撒在路上。待車回到了家，便又在家門口把幾隻已是光禿禿的花圈點火燃燒。接著，大家一起吃豆腐飯。吃了飯，時間也不早了，加上勞累與傷悲，便匆匆地散了席。

不久以後，陳有為的姨媽帶著他的外婆去了鄉下，王秀珍對著孩子們說道：「外婆要跟你們姨媽走了，以後再沒人幫你們做鞋了。」老人年過八旬，又是小腳，那腳小得像拳頭一般大，可她能做鞋，她把碎布粘在洗衣板上，曬乾後再把布層層疊起，用粗線紮成鞋底，再用布料做鞋面，然後再做成各種鞋子。

盛夏的時節，也是西瓜上市最旺的時候。賣水果的地方，都堆滿了西瓜，路邊也散發著爛瓜的餿味。也有些堂吃店，瓜種特別好，瓜子要留在店裡。還有專賣西瓜肉的地方，不過要排長隊等候。

那天中午過後，陳俊、陳有為帶著一只大鍋，一起去那家賣西瓜肉的店。隊排得很長，有人找熟人插隊，為了防止插隊，一些人便自己組織起來維護秩序。不一會兒，陳有為聽見有人叫他的名字，一看是他同學的哥哥林子明，他旁邊還有一個人，陳有為接過了林子明手上的鍋子，後面的人頓時叫了起來：「不許帶，不許帶，要買到後面去排隊。」

這時，一個秩序的青年人走來，便從陳有為手上拿回鍋子還給林子明，林子明執意不從，於是，倆個人便推扭起來。那個人力大，一下子就把林子明壓到地上，林子明只是用手不停地打擊著那個人。打了一會兒，他們才被人拉開。林子明滿臉發青，氣喘吁吁地向那人說道：「我認得你這只癟三，三天之內叫你認得我是誰。」

隨後，他和同來的那個人一起走開了。

「那人一定會倒楣的，他不知道林子明是河濱大樓的大王。」陳有為對陳俊說道。

「別人的事不用你去管。」陳俊回答道。

「終有一天，我會像林子明一樣，在河濱大樓做個大王。」陳有為又自言自語道。

四

開學的時候，學校要舉辦運動會。林子青、曹雲海參加乒乓球項目，鄭國榮是學校田徑隊的，他參加鉛球項目。

那天下午放課後，外面正下著雨。林子青和曹雲海便去乒乓室練習打球。乒乓室裡有四張乒乓桌，此時三張桌上有人在打球，空著的那張桌面上正放著一把撐開的油布傘。林子青進來後，便上前把那把傘拿開，口裡譏笑道：「這油布傘也可以用嗎？」

他自己用的是金屬柄雨傘，相比之下，油布傘現得土氣與窮酸。每當下雨天，同學都不願帶油布傘，家裡沒有金屬柄的，便和同學合傘用或著乾脆不帶傘，這樣要比帶破傘或油布傘要有面子。

鄰桌的那個高年級同學，見自己的傘被一個低年級同學拿開了，便放下球拍，走上去和林子青推打起來，口裡罵道：「小癟三，我要打死你。」

林子青個子矮小，也不敢和他打，只是在一旁的曹雲海向那人警告道：「他哥哥是我們河濱大樓撐市面的，你可要小心一點。」

那人聽了，愣了一下，又放不下面子，嘴裡還是嘟罵了幾句。隨後，林子青和曹雲海對陣，練習了一會。在他們臨走時，林子青又對著那個高年級的同學說道：「明天你看好。」便揚長而去。

因為別人都知道林子青有個出了名的哥哥，他不僅稱霸一方，而且還和其他地方的霸王關係密切，手下還有幾個隨從，都以毆鬥出名，更何況他是幹部子弟，又有「幾進幾出」的經歷，所以名聲很大，平時別人都讓著他，樓裡的漂亮姑娘也會仰慕他，他的女友是附近的一個出了名的美人。

林子青和別人發生了衝突，又想依勢淩人，便找了一個外號叫「臭豆腐」的人，他是林子明的一個小兄弟。那「臭豆腐」聽了，哪能受得這等閒氣，第二天早上，他便獨自闖入一中心小學，又在林子青的指認下，把那個同學打了一頓，在場的老師也勸拉不住，只能讓他胡作非為。

每年的國慶日前夕，公安機關便要公審一批罪犯，以此安撫社會秩序。那天，就有一輛滿載犯人的卡車在武裝人員的押送下進行遊街示眾。車上的那些犯人被削光頭髮，雙手反銬，頸上掛著大牌子，上面寫著犯人的名字和罪狀，諸如：殺人、強姦、偷盜、反革命等罪。車在一個地方停留一會，再轉到另一個地方。車上的啦叭廣播著犯人的名字和罪狀，街上的行人留步圍觀，林子青的大哥林子軍掛著的牌子上寫著：殺人、流氓強姦犯。

不久，那些囚犯被押送到青海農場進行勞動改造。他們大多數都很年輕，由全副武裝的解放軍押送，犯人的親人也會到車站送別，尤其是那些母親們，她們邊哭邊叮囑，不時地用手帕擦著哭紅的眼睛，那些年輕的犯人也頻頻地點著他們發青的光頭。

待火車起動了，犯人被押送到一列特別的車廂裡，他們個個神情木然地坐在地上，站在月臺上的親屬，像是生死離別，不知道自己的孩子會有什麼樣的結果。

那些被判死刑的犯人，行刑前先要被押送到審判大會上。林子青家住在河濱大樓，所以林子軍處決前被押送到四川路上的國際電影院裡開公審大會。大會上，先是學校老師和里弄幹部分頭髮在言，列舉林子軍在社會上的種種惡劣表現和犯罪形為。說到他在強姦一個女生時，又闡述了雖然他身為幹部子弟，但由於受資產階級思想的毒害和當權的「走資派」劉少奇的反動思想的影響，才使他在犯罪的道路上越陷越深，最終墮落成一個殺人犯。待公審大會結束，林子軍便會被押送至刑場執行槍決。

從此，林子明和林子青兄弟的名聲就更大了，在小學裡，林子青也變得更猖獗了，就連高年級的同學，也無不敬讓他三分。當然，那些長得漂亮的女孩子，都爭著想和他交朋友。

入冬以後，中蘇在邊境爆發了戰爭，全國處於全民皆兵的狀態。家家戶戶的窗上都貼上了「米」字型紙條。在第一人民醫院的走廊裡，畫中示意人們怎樣做在原子彈爆炸後的急應措施和怎樣救護傷患。為了應對「美帝」、「蘇修」、「臺灣反動派」的威脅和響應毛主席「備戰、備荒、為人民」，「深挖洞、廣積糧、不稱霸」的偉大號召，在醫院裡進行了「救死護傷」的戰地演習。後來，又開始挖防空洞，並把從地下挖出來的泥土再做成磚。人們每天忙著挖土、抽水。到了晚間，工地上一片燈火輝煌，和黃埔江上的光影相映成輝。人們忙著日夜施工，熱火朝天地幹著。在學校的操場上，也挖起了防空洞，而學生們要參加野營活動。

那天，學校裡組織全校師生野營。按照學校要求，學生們在家先把被子疊好，再用繩子把疊成四方型的被子紮成「井」字型，然後背在背上，帶好水壺和乾糧，到學校集中後，大隊出發。一個班接著一個班，排成長龍。每班前面，都舉有一面班旗，另有一個同學吹著哨子。一路上，還不停地叫著：「練好鐵腳板，打擊帝修反！」等口號。

五

每週四的下午是勞動課。學生們來到外面的一個工廠間，在開始勞動前，班長王蘭萍叫一聲「最高指示」，大家便齊聲朗朗地背誦道：「學生也是這樣，以學為主，兼學別樣，即不但學文，也要學工、學農，也要批判資產階級。學制要縮短，教育要革命，資產階級統治我們學校的現象再也不能繼續下去了。」隨後，大家坐下來一起做小紙盒。先是把一排排的硬紙板按折線撕開，折成紙盒後再用小方紙粘上漿糊把紙盒的角貼住，這樣算是完成了一個。做完的紙盒要倆倆交叉疊起來。沒做多久，有些男生便做煩了，他們便常趁女生去小解時，把她們做好的拿來給自己加數。待女生回來發現時，也不敢告訴老師，怕他們以後會找機會報復。

到了柏枚去小解時，鄭國榮便轉過身去拿了幾隻給自己加數。待她回來，心裡明白是鄭國榮拿的，也不出聲，繼續做著小紙盒。同時，陳有為、聶建興等也做著同樣的事，趁機給自己加數，直到完成自己的數目為止。

「你為什麼會做得那麼快，我就沒你快。」鄭國榮笑嘻嘻地回頭轉向柏枚。

柏枚明白他的意思，自己並不是快手快腳，不過她總是去廁所間給鄭國榮行方便。每次她走開後，鄭國榮便高興地拿她幾隻，他覺得自己很有面子，到底是班上最漂亮的女生。那些男生，也有心裡喜歡柏枚的，因鄭國榮是大王，便把看到的一切當作看不見。那些女生，也有覺得好笑的，也有心裡暗恨柏枚的，也有羨慕她的。

鄒老師坐在一邊，先是不停地和管理勞動間的張老師拉家常，接著話題又轉到在里弄裡管事的陳阿姨身上，陳阿姨雖然沒有多少文化，卻因她在里弄裡管事，又時常管理一些學生校外的活動，因此，學生和家長都認識她，也尊敬她。

因那天鄒老師帶班到里弄裡活動，她的兒子也一起跟著，陳阿姨便向人嘀咕起來，她認為鄒老師這樣做不太好。正巧鄒老師從外面辦事回來，忽然發現陳阿姨正在和別人議論什麼，見到自己突然停住了，又藉口有事走開了，這樣，鄒老師更加疑心起來，也不好說什麼。正好此時陳有為無意間聽到了她們的話題，鄒老師回頭又問了他聽見了什麼，陳有為便把所有聽到的內容告訴了鄒老師。鄒老師本是個愛面子的人，聽人背後這樣議論自己，便是一肚子的氣，但也沒有辦法，只能在她的學生面前說陳阿姨沒水準。只有勞動間的張老師，為人老實，又上了些年紀，和鄒老師也算談得來。鄒老師又列舉了陳阿姨平時工作中的種種不是，張老師聽了，只是安慰了鄒老師幾句，鄒老師才心平氣和了一些。

星期六下午的體育課，學生們要輪流參加學校裡組織的軍訓，屆時，會有一個解放軍戰士到學校指導學生們的軍訓。學生們則每人帶上一杆自製的紅纓槍，在解放軍戰士的帶領下，對著操場上放置的一些稻草人，在他帶喊「打倒美帝」、「打到蘇修」、「打到一切反動派」的口號下，不斷地用紅纓槍刺向稻草人。

由於學生們平時無所事事，許多家長都會擔心自己的孩子會在社會上學壞，於是，王秀珍便請了個教小提琴的老師，讓孩子們學琴，將來還有機會成為一個文藝工作者。因為班上的柏枚會拉小提琴，還有歐陽蘋會拉手風琴，所以陳有為也想學小提琴。

陳有為開始跟著老師學琴。從拉空弦練起，然後是全音和半音的指法。他很羡慕老師能拉《迎來春色換人間》、《敬祝毛主席萬壽無疆》這樣的曲子，提琴聲悠揚而且動聽，有時還能引起行人的注意力。在以後的階段，陳有為還練習了揉弦、和絃、換把、跳弓、泛音等各種技巧練習。

那天陳有為正在家裡練琴，突然門外的走廊上發出了很響的踢門聲，同時有人嘴裡還罵著什麼。王秀珍對陳剛說道：「是顧茵的父親和呆寡婦在吵架，近來他們時常吵鬧，原因是呆寡婦罵顧茵不是她爹媽親生的，她知道後便哭個不停。還是崢崢的媽出來安慰她，說她父母對她像親生的一樣，這樣她才算明白了道理。不過從次倆家就爭吵不止。」說著，王秀珍又陳有為說道：「過一會，我和你爸爸去你舅舅家，你和陳俊一起去把年貨買回來。」

待他們父母離開後，陳俊帶著陳有為去了一家副食品店排隊買年貨。年貨是在每年過新年前才會有供應，要憑票的。一般有紅棗一斤、黑棗一斤、香瓜子一斤、南瓜子一斤、大核桃一斤、小核桃一斤、花生一包、粉絲一包，還有桂圓、金針菜、黑木耳、海蜇皮各少許。每到新年，孩子們便有新衣服穿，吃年貨、拿壓歲錢、放鞭炮。

一恍便到了正月初八，陳剛便要離開上海。那天，王秀珍去食品店買了兩個麵包給陳剛路上吃。第二天天不亮，當孩子們還在睡夢中，陳剛便悄聲地離開了家。待他們醒來後，看見桌上留下了一個麵包。

大約練了一年的時間，陳有為已經可以拉兒童歌曲了。那天，少年宮來了兩個老師，她們到學校來招生。鄒老師把王蘭萍、柏枚、歐陽蘋、陳有為帶到音樂室，音樂老師放好了小提琴和手風琴，少年宮老師先讓他們一一表演。

「音已經定好了。」音樂老師說道，「弓上的松香也上好了。」

柏枚先拉了一段《北風吹》的曲子，隨後，少年宮的老師又問她學了多久。

「三年了。」她回答道。

少年宮老師點點頭，又問她平時練習什麼曲子，她便一一回答道。隨後又輪到歐陽蘋。她打開手風琴，拉了首電影歌曲，拉完後，老師問了同樣的問題。

「二年了。」歐陽蘋答道。

少年宮老師聽後也點點頭，又轉向陳有為問道：「你叫什麼名字？」

「陳有為。」他答道。

「要講普通話，你不會講普通話嗎？」那老師問道。

「會的。」陳有為用普通話回答道。

「在少年宮，每當有外賓來參觀訪問時，他們會問你們各種問題，有些是友好國家來的，像阿爾巴尼亞等國，他們會問些友好的問題，但也有些來之其他資本主義國家，有的是間碟，他們專門問些不懷好意的問題，所以你們的回答是有關國家利益的。」少年宮老師說道。

陳有為聽著，心裡想著在電影中的特務形象，那少年宮老師繼續說道：「現在我問你們一個問題，如果有外國人問你們，你們的人民現在生活得很好，為什麼在小菜場旁邊，還有人擺攤賣蔥薑？」

陳有為聽了，不加思索地回答道：「他們掙些錢補貼家用。」

那老師聽了，微微地搖著頭。旁邊的王蘭萍憋不住地回答道：「我們的人民生活都有保障，有人擺攤並不是為了掙錢，他們的目的是為人民服務。」

少年宮老師聽了，微笑地點頭，並問她道：「你也是拉小提琴的嗎？」

「不是我，是他。」王蘭萍指著陳有為說道。

「哦，我以為是你呢。這樣正好，你回答的很好。」那老師說後，又轉向陳有為問道：「你拉琴多久了？」

「一年。」他回答道。

「你會拉什麼曲子？」

陳有為也忘了回答，便拿起提琴演奏起來。他拉的曲子並沒有曲名，是他根據電影音樂中，場景是在一個嚴寒的下雪天，地主黃世仁帶人去向楊白勞逼債時一路上的伴奏曲，因為樂曲有跳躍性，他用連續跳弓進行拉奏。

「你只拉了一年？」那老師又問道。

「是的。」

「這曲子是誰教你的，我還沒有這個譜子。」

「我是自己哼哼拉出來的。」

她聽後，滿意地點點頭。她對鄒老師說道：「他們都不錯，先讓他們去一段時期，看看再說。本來只招兩名的，今天破例，一招就四個，還是第一次。」

鄒老師聽後，便高心地說道：「當然了，別的班上一個也不會有的，音樂老師也是知道的，我班上的學生，他們住的地段好，家長有能力培養孩子。」鄒老師又對她的學生道：「你們先回教室，以後再通知你們。」

當他們回到教室時，坐在王蘭萍後面的曹雲海正在座位上亂翻著書包，見了王蘭萍便告訴她說：「我放在書包裡的訂報刊的錢不見了。」

王蘭萍聽了，轉身又走出教室，到樓下音樂室去找鄒老師。她想：「怎麼去說呢，剛才鄒老師還告訴別人自己班上的學生住的地段好，轉眼就出了拿別人錢的事，不如先撤一個謊，說有人病了。又一想，如果為了這件事就去找老師，老師會不會叫她把那個同學帶到醫務室去，而且自己是班長，怎麼連這點主意也沒有。況且，剛才少年宮老師也很看重自己。

她一邊想著，走到了音樂室，推開門見老師們在說話。見了王蘭萍，鄒老師便問他有什麼事，王蘭萍便道：「操場上有人扔磚頭，把教室裡的一塊窗玻璃打碎了，玻璃片劃傷了曹雲海的手。」

鄒老師聽了，驚叫道：「昨天上午做廣播操時，大樓上有只花盆被風刮下，碎片把一個女生的嘴唇劃破，後來去醫院縫了兩針，幸好沒有出人命，怎麼今天又有這樣的事？」說著，鄒老師便匆匆和王蘭萍一起趕回教室。

「不是玻璃窗被打碎的事，是曹雲海的錢不知被誰偷了，我怕外面的老師聽了不好，所以就這樣說了。」王蘭萍又說道。

鄒老師聽了，先是感到一陣幸慰，但馬上又覺得心裡不是滋味，王蘭萍這般年小，就能察覺到自己的心事，豈不糟糕，便正色道：「啊呀，你真不該撒謊，要是讓別的老師知道了真相，豈不是更糟，別人會說我是怎樣教育你們的。再說，班上出了這樣的事，也沒有什麼可以隱瞞的，好像一筐橘子，總有一兩顆是爛的。」

正說著，他們走進了教室，鄒老師生氣地對大家說道：「為什麼我才走開一會，就有人趁機拿別人的錢，真是沒有王法。」

鄒老師走到曹雲海那裡，問他錢是什麼時候少的。曹雲海回答道：「錢是放在書包裡的鉛筆盒裡，課間休息後就不見了。」

鄒老師一時也沒有辦法，又去找了一個男教師幫她一起來查。於是，許多人的書包和口袋被老師抄查，王蘭萍也幫著老師一起查。忽然，她在鄭國榮的課桌裡發現了一本手抄本，她便利索地把手抄本放到了講臺上。鄭國榮此時想發作，又怯于老師在場。剛好女校長經過教室門口，便問發生了什麼事，走進來看見講臺上那本《少女之心》的手抄本。鄒老師告訴她，班上有同學少了錢，正在搜查。女校長聽後，嚴厲地說到：「階級鬥爭要抓，學生的思想品質也要抓，把黃色手抄本帶到學校來，還有拿別人的錢，要澈底查清楚，然後向我報告。」

鄒老師只是答應著，又繼續搜查起來。一直查到中午的時候，還是沒有查出來，最後，鄒老師說道：「已經知道是誰了，從面部表情上看出來了，如果他自己把錢交出來，就不說出他的名字。」

到了中午放課後，兩個做值日生的同學在掃地時，他們在一張桌子腳下發現了被捏成一團的幾毛錢，數目正好是曹雲海丟失的相同。於是，他們向鄒老師報告了情況。

後來，在全校的通報會上，廣播裡點名批評了那個同學，同時還處理了一批人，包括犯有偷竊、打架、淫穢事件的人，分別作了警告、記過、留校察看和開除學籍等處分。

不久，全國開始了聲勢浩大的批判林彪的政治運動。林彪本是毛主席既定的接班人，是當時中國的第二號人物。當人們在廣播裡突然聽到「林彪反黨集團」這樣的用詞時，人們的第一反應是不相信自己的耳朵，在反復確認聽到的消息後，還是不敢亂說，因為在外面的大牆上，還到處寫著：緊密團結在以毛主席為首的，以林副主席為副的黨中央周圍等標語。那個時期，一般人們在寫報告或是書信時，開頭都會寫上：首先，祝偉大的領袖、偉大的導師、偉大的統帥、偉大的舵手毛主席萬壽無疆！祝林副主席永遠健康！

像以往的政治運動一樣，又是滿街的標語和大字報，還有漫畫，並把林彪和孔丘連系起來，雖然他們的年代上下差了兩千年，理由是孔讚美周禮，是複僻倒退，而林彪陰謀奪權，妄圖復辟資本主義，這和孔丘的本質是一樣的，也是複僻倒退。

在學校裡，幾乎是每天都有「批林批孔」的學習會和報告會，在繪畫課上，老師教學生畫林彪的漫畫像，畫像中林彪是個禿頭，尖尖的腦袋，還在手中握有一把屠刀，上面刻有「克己復禮」幾個大字。同時被批的還有曾經是黨的理論權威陳伯達，因為他曾竭力吹捧過林彪，漫畫裡他只是一隻狗的形象，爬在地上，用一根管子向林彪膨脹的身體吹氣，並寫有：「天馬行空，獨來獨往。」幾個大字。中國的文人有贈書畫的雅俗，在戰爭歲月，林彪打仗出色，陳伯達寫了這個字贈給林彪，據說林彪把它掛在家裡的牆上，而現在正好是批判他們是一夥的最好時機。

六

班上最會寫批判文章的同學是語文課代表陳正，他很早就開始瀏覽成人書籍，像《高玉寶》、《董成瑞》、《三國演義》、《紅樓夢》等。坐在陳正旁邊的是歐陽蘋，她不僅會拉手風琴，又是個早熟的女孩，所以他倆坐在一起，就會鬧出事情。

這天班裡正在聽學校的學習廣播，陳正聽得無聊，便轉向歐陽蘋說道：「為什麼你這樣年紀小小，就知道和男人卿卿我我？」

歐陽蘋聽了，也不示弱，悄聲地反譏道：「你是不是嫉妒，你這個下流的種子。」

「都說我是窩囊廢，其實我是多憂多病的身，你是傾國傾城的貌。」陳正學著戲裡唱的說道。

「你才是個中看不中用的銀樣蠟槍頭。」歐陽蘋回敬道。

他們彼此譏嘲了一會，放課的鈴聲響了，學生們三五成群地離開了學校。

「我一分鐘就可以吃下一根冰棍。」潘堅說道。

「我不相信，冰棍吃得太快，頭會非常痛的。」曹雲海道。

「不相信的話，你就去買一根，如果我一分鐘至內吃完，就算你請客，如果我吃不完，我還你八分錢，給你買兩根。」潘堅說道。

「一分鐘吃完一根冰棍有什麼稀奇，我可以雙手拉住路標，而且頭超過它，堅持到把一根油條吞下去。」聶建興指著一旁的路標說道。

於是，曹雲海和聶建興打起賭來，他們走進一家清真食堂，櫃檯邊放著一些白饅頭和油條，曹雲海掏出四分錢和半兩糧票，買了一根油條，而聶建興走到路標下，揚了揚手臂，然後雙手拉住水泥路標，輕鬆地把身體移動向上，直到頭部超過了路標。此時，曹雲海把油條插入聶建興的口中，他便堅難地吃了起來。路旁有人走上來圍觀，聶建興漲紅著臉，一點一點地堅持著，當他快要把油條吃完的時候，忽然，有一群人在路上亂奔起來，口裡不停地叫著抓賊，只見一個正在前面逃跑的人轉過一個路口，又一下子竄進了清真食堂，他氣喘吁吁地買了一碗牛肉麵便坐了下來。很快就有人發現了，「他躲進這家店裡了。」有人大聲地叫道。接這，一群人擁進店裡把那個人拉了出來。被拉出來的人被人反押著低頭走著，周圍旁觀的人，有人衝上去給他幾個冷拳，那人很快被打得直流鼻血，繼續被人押送去派出所。

「我們弄堂裡的寧波癲痢，她摸人皮夾子從來沒有被人抓住過，偷到錢就和她的男朋友一起開銷，和她談朋友真合算。」聶建興不禁說道。

「到了一點鐘，你們把東西帶好，我們在郵電大樓裡相聚，不要遲到，要小心那個探子。」鄭國榮對聶建興等吩咐道。

過了午飯時間，鄭國榮、聶建興、潘堅一起走到郵電大樓裡，取出了身上的各種證券，有上海糧票十四斤、全國糧票六斤、普通布票七尺、專用券布票四尺。

「我去放布票，你們分頭去放上海糧票和全國糧票，出手以後我們再回到這裡，然後就去新雅飯店買點心吃。」鄭國榮對他們說道。

待他們各自在船碼頭附近和船上的鄉下人交易成功，他們又聚在了郵電大樓裡清點現金。鄭國榮所得一元三角，聶建興得了一元四角，潘堅換到一元一角。隨後，他們一起去了那家點心店，叫了燒賣和可可茶。

正當他們三個吃得很香的時候，突然他們看見那個探子也走進了店裡，此時他們都有些發慌。那探子見了他們，便走上前來盤問道：「你們是哪來的錢吃這樣的高級點心，現在才剛剛過了午飯的時間？」

「是家裡給的，因為午飯沒有吃飽，家裡就給了點錢，讓吃些點心。」潘堅結巴地回答道。

「胡說！家裡會給你錢請人吃這樣的點心，這錢一定來路不明，跟我走。」說著，那探子就把他們帶走，準備送去派出所。

他們三個滿心不安地跟隨著探子走著，心裡計畫著怎樣脫身。那探子也提防著他們會從他的手上逃脫，便使勁地拉住了潘堅的一支衣袖。此時正巧弄堂裡的一個老頭向他們蹣跚走來，鄭國榮靈機一動，趁他走近時，便對他叫道：「爺爺，我們在店裡吃點心，他要抓我們去派出所。」

那老頭平時在居委會裡放電視，這些小傢伙都叫他「老頭子」，此刻突然有人這樣叫他，便點頭樂了起來。那探子也信以為真，一時鬆了手，又講起了事情經過。鄭國榮他們也趁機溜之大吉。

到了晚上，很多人又聚到居委會看電視，鄭國榮坐在最後一排，他的眼睛卻盯著坐在前面的任氏姐妹。她們是弄堂裡的一對尤物，許多人在打她們的主意。不一會兒，他看見班裡的張容此時也走了進來，一時又找不到座位，她不得不擠在最後一排的鄭國榮旁邊。她平時雖然不聲不響，卻也愛慕著鄭國榮，只是鄭國榮常在柏枚面前逞威風，沒有顧及到其他女生。此刻，鄭國榮對著坐在旁邊的張容，又趁著室內光線黑暗，大家正集中注意力觀看著蘇聯故事片《列寧在十月》，便用手去觸摸她。她什麼反應也沒有，接著，他便毫不顧忌地把手伸進了她的下體。

「你在幹什麼？」突然有人叫道。

鄭國榮頓時嚇了一跳，趕忙把手縮了回來。再一看，原來有人在座位下低頭找自己的鞋子，看不見便用手在地上亂摸，旁邊的人忍不住叫道。鄭國榮和張容都虛驚一場，隨後，他又繼續伸手摸起了她。

五年級上學期的時候，鄒老師突然不知什麼原因要調去其他學校了。那天，鄒老師把陳有為叫出教室，在樓梯口，她向他說道：「我要調去其他學校了，你可以常到我家來玩，小明和小菁都很喜歡你。」

鄒老師說的是她的兒子和女兒，陳有為聽到這個突如其來的消息，他一下子就傷心地慟哭起來，他的整個身體都抽搐起來。鄒老師見狀，心裡也是一陣難受，不時地擦著眼淚，但她也感到欣慰，這些年來，自己到底沒有白疼他，他聰明、好動，小小年歲就富有情感，因此成了鄒老師在班上最喜歡的學生。本來，鄒老師也很喜歡林子青和王蘭萍，可慢慢地她發現陳有為雖然不是出身幹部家庭，因而少了幾分驕寵之氣，也不是出身貧困家庭，身上沒有那種野蠻之氣，他有的是一種細膩的情感，一種對熱愛事物的執著和對其他事物的不屑之情，他會和別的老師過不去，卻從來不會對鄒老師反抗，加之他始終能積極投入班上的工作，諸如收報刊費、出黑版報等，又被評為班裡的積極分子，甚至幫老師買早點，而鄒老師總會和他分著吃。

後來，鄒老師離開了，班上來了個新老師，她矮矮胖胖的，說話大嗓門。陳有為明白，再也沒有老師會像鄒老師這樣喜歡他了。沒過多久，柏枚也搬家了，並轉了校。她家本來住在河濱大樓的圓柱形頂層，那裡像個殿堂，面積應該很大，而且可以眺望城市。可不知為何，她搬去了一家公寓住。她曾在少年宮和學校的文藝演出會上多次表演過小提琴獨奏，也和陳有為一起在少年宮為外賓表演過小提琴齊奏。

那天，新班主任在給大家上語文課，陳有為又想起了鄒老師，柏枚也不在教室裡了，他心裡很是失落，他想著，有一天自己也要離開這裡，和一個騎著駿馬的戰士去戰場，讓全班的同學都吃驚，自己向他們揮揮手，迎著朝陽出征。

到了下午放課後，五六個同學又一起在河濱大樓的小花園玩耍，他們玩了一會打彈子，見爆米花的推車推來了，那老頭先在樓下吆喝了幾聲，不一會，人們便提著東西排隊了。陳有為也向他的夥伴說道：「我要回家拿東西來爆，爆好後分給你們吃。」

「我也不想再玩了。」說罷，鄭國榮又在聶建興的耳邊低語道：「我們現在到虹口公寓去找柏枚。」

於是，鄭國榮、聶建興、潘堅一起離開小花園，去了虹口公寓。待他們走到了公寓下的一根電線杆旁便停了下來，鄭國榮望著二樓柏枚家的窗口，只見窗簾緊拉著，好像家裡沒有人。鄭國榮在樓下吹了幾聲口哨，不一會兒，窗簾被拉開了，只見柏枚推開窗門，笑著伸出頭來。潘堅見到她，便在路邊拾起一根樹枝，向視窗拋去，樹枝掉下來後他拾起準備再拋，鄭國榮制止了潘堅。

「不要再拋了。」

「我只是嚇唬嚇唬她。」潘堅傻笑道。

「你在家裡幹什麼？」鄭國榮抬頭問道。

「我在練琴。」柏枚笑道。

「我來過幾次，你都不在家，現在不在一個班裡，很難碰到你。」鄭國榮又道。

「放課後我要去練琴，所以五點以後才能回來。」她解釋道。

他們又說了一會話，柏枚便告訴他們，她的外婆回來了，他們聽了，便離開了。

陳有為離開小花園後，回家便要陳俊把家裡曬乾的年糕片拿出來，他自己拿了些大米，還有油和糖精片，又帶上一個大鍋子，到樓下排隊去了。那個爆米花的老頭，由於長期日曬和煙燻，臉膛黝黑，他一手拉著氣門，一手轉著鐵鍋，到了時間，便可開鍋。開鍋時會發出一聲巨響，隨後，一爐東西就算爆好了。

下午，王秀珍回來後，又去菜市場買些菜。正時蠶豆上市季節，王秀珍帶回了一籃子的青蠶豆，大家一起剝完外殼，很快一碗青青嫩嫩的炒蠶豆便上了飯桌。

「每年這個季節就有蠶豆吃，到了夏天就有西瓜、番茄、黃瓜，秋季有月餅、栗子、老菱，冬天有烘山芋、白木耳，再到過年又有年貨吃，開了春，就有青團、年糕吃，把切成片的年糕片曬乾，就可以爆年糕片吃了。」陳俊一口氣說道。

王秀珍還在做菜，看見菜刀磨過了，便問到：「是不是磨刀的人來過了？」

「今天有個鄉下人來磨刀，要收一角五分，我問他一角磨不磨，他就磨了。」陳俊回答道。

「我不敢把刀磨得太快，是怕你們弄傷了手，對了，家裡大床上的棕繩有些鬆了，幾時下面有人叫修，就叫他上來，修一修大概要三四塊錢。」王秀珍說道。

「啊棕綁修伐藤綁修伐！」陳有為大聲叫了起來。

「你學這個最快，讀書就不用功，將來就去做修棕綁的算了。」王秀珍說道。

「我將來要參加解放軍，騎上一匹大馬，去執行任務。」陳有為說道。

學校裡要學生交照片發游泳合格證，陳有為從家裡找出了軍帽和紅五星，準備去拍照。中午前放了課，他便先去醫院食堂吃午飯，因為時間還早，食堂工作人員正圍坐著吃飯。陳有為獨自坐著，又打量起軍帽和紅五星。有人向陳有為說道：「好一個解放軍來了，過來，讓我看看你的軍帽是真是假。」

陳有為挪了過去，把軍帽遞給了他。那人拿著軍帽，在帽檐下看了看，說道：「啊，是真的，你知道嗎，真的帽檐下面那塊布有兩部分組成，小塊部分表示臺灣。」

陳有為看了看真是這樣，而那些食堂工作人員也在邊吃邊聊天。有人說道：「那洋人的手錶，不用天天上發條，全自動的，非常精確。」

又有人說道：「解放前，那些租界的外國人要離開上海時，有一個英國人給了我鄰居一只手錶，當時他看了看表，也不覺得怎麼樣，便隨便地往箱子裡一放。結果哪裡知道，前不久那老頭翻箱子時，無意中又發現了那只表，可奇怪那只表還在走，都幾十年啦。」

陳有為吃了飯，去王秀珍那裡要了錢，便去了照相館。他認認真真地戴好帽子，放正了五角星。當他走進了攝影室，見有一對農村來的青年男女正坐著對鏡頭，攝影師忽然想起了什麼，便問道：「你們是不是拍結婚照？」

他們一起笑著點點頭。攝影師又趕忙找出了一束塑膠花，往女的身上一放，又讓他們挺胸坐正，才拍完了那張結婚照。

當陳有為坐上去時，攝影師要他把帽子脫下，他執意不從，旁邊有個女的便道：「小孩子，讓他去。」

攝影師便為他排了那張照片。

七

小學畢業那年，學校裡發生了幾件大事。首先是林子青，一下子成了英雄的弟弟。幾年前，他的大哥在一次與人毆鬥中意外致人死亡，後來被判了死刑。雖然是個家庭悲劇，可方園裡外他二哥也就更加叫人畏懼他了，而林子青在學校裡也越來越蠻橫了。而現在他一下子又成了被學校追捧的對象，因為他的二哥林子明為搶救國家財不幸犧牲，他的英雄事蹟受到全市的表彰。

林子明中學畢業時，響應毛主席的號召，極積報名去了農村，而且是遙遠的大西北。當林子明還是一個小學高年級學生時，他已經和樓裡的紅衛兵中學生一起串聯到北京，去接受偉大鄰袖毛主席的檢閱。到了北京後，沒想到有那麼多的學生在天安門廣場上等待毛主席的接見。廣場上天天是人山人海的隊伍，大學生們都舉有自己的校旗，許多中學生都戴著紅衛兵袖章，遠遠望去，人群裡大都穿著軍裝，又到處揮舞著紅旗。這天上午，他們還是向廣場的人群裡擠去，忽然聽到不遠處人群一下子沸騰起來，有人叫道是毛主席來了，不一會，廣場上群情激昂，人們狂喜的高呼著「毛主席萬歲」的口號，林子明心裡一陣慌亂，他什麼也沒有看清，又過了一會，他終看見在幾十米遠的地方有幾輛吉普車在行駛，其中的一輛是敞篷車，有個形體胖胖的，穿著深綠色軍裝的應該就是毛主席，很快，車從人們的面前駛過。人們還在繼續地竭力地高呼著口號。」終於見到過毛主席了，自己真幸福。」林子明感到非常幸慰，雖然只是遠遠的一瞥，卻令他感到無比的振奮。

從此，他會向所有的人講述自己這段不平凡的經歷，雖然他還是和從前一樣喜歡稱王稱霸，只是到了中學畢業，他覺得因該聽從毛主席的號召，報名到農村去，同時報名的學生，一起受到了全校的表彰。

離開上海的時候，學校還召開了隆重的歡送大會，在大會上，林子明在發言中表述到，自己曾經親眼見到過我們偉大的鄰袖，是毛主席的光輝形象激勵著自己，這種幸福與力量也將伴隨他終身。他的發言，使許多人感到羨慕，同時也對他充滿了期待。

一到農村，林子明便傻了眼。農村的生活是他以前無法想像的，首先是缺水，嚴重的缺水，這對於一個來自城市裡的人來說是不可思議的，以前要用水，只要打開水龍頭就可以了，要多少用多少。洗臉、洗衣、洗菜、做飯都得用水，而在這裡，他們一個宿舍住著六七個人，門外就一缸水，日常生活用的水全在裡面了，他們拼命節約還是不到一天就用完了，而這是他們一周的用水。這裡很少下雨，生產隊裡基本上一周向送水車買一次水，所以用完了就沒了。他們白天幹的是打草的活，一天下來全身到處是泥塵，卻沒辦法洗衣和洗澡。不過慢慢地他們變得習慣了，他們開始懂得偶爾才能漱一次口，洗完臉的水不能倒掉，要用來洗菜、做飯，然後再用它洗衣服，最後才用來餵牲口。總之，一滴水也不能浪費。

除了幹活，什麼娛樂消遣也沒有，沒有收音機，沒有報子，更沒有電視機，就是有也放不了，晚上根本沒有電，村民用的是油燈。他們唯一的娛樂就是打撲克牌。他們不知道這樣的生活要過多久，什麼時候才能離開這裡。

林子明和大家商議著怎樣才能離開這裡，他們明白就是回了城也不可能找工作做，因為他們的戶口已隨他們遷出，他們已經不再是屬於城裡人了，也有可能要一輩子待在這裡。一種深深的上當的感覺籠罩著他們，他們感到了生命的絕望。

有天傍晚，突然草場起火，在救火中，林子明卻不幸身亡。很快這件事傳回了上海，市委宣傳部指示，號召全市人民向林子明學習。不久還在各個學校裡張貼著林子明英勇救火的海報。

事隔沒多久，學校又發生了一件轟動全市的事件。這天，王蘭萍應邀接受電視採訪，只見她梳著兩條短辮，口齒伶俐地說道：「在那堂地理課上，老師問我們通向北京的鐵路是哪一條，我便舉手回答說『北京是祖國的首都，是億萬人民向往的地方，條條鐵路通北京。』但是地理老師聽後，卻還是堅持說『從上海到北京就應該走京滬線』。」

王蘭萍在電視裡不斷地訴說著她怎樣和老師爭辯的情況，全市的民眾在電視裡看到了王蘭萍怎樣和資產階級教學作風鬥爭的情況。不久，報子上還登了許多她的日記，內容也都是關於她和資產階級教育思想鬥爭的體會和心得。有人甚至把她的日記和雷鋒、王傑日記相提並論，都是用毛澤東思想武裝起來的先鋒戰士。

王蘭萍的母親在醫院也成了同事們羨慕的對象，人們總會談起她的女兒，學習成績好，又常在少年宮接待外賓，現在又成了英雄式的人物，還上了電視和報紙。其實，不知為什麼，王蘭萍從小就和她母親的關係不那麼好，也許她太有個性，就是在學校裡，對老師某些做法也看不慣，傳到了老師耳裡，老師就很不高興。作為班幹部，本因該特別聽老師的話，還要向老師報告其他同學的所做所為。就是在那堂地理課上，她和地理老師爭辯了幾句，下課後，地理老師在辦公室和鄰座的教務主任抱怨了幾句，沒想到她就把這次事件作為一次教育戰線上的路線鬥爭向區教委作了彙報，區教委也作不了主，便向市教委作了彙報。市教委的宣傳部長作了批示，說是可以把事件定性為教育戰線上資產階級和無產階級的鬥爭。接著，一場在教育戰線上的鬥爭風波就這樣聲勢好大地展開了。

王蘭萍成了新聞人物後，就經常應邀到各校去巡迴作報告，她每到一個學校，就會引起全校師生的圍觀，學生們爭先恐後地想親眼目睹一下這位「反潮流」英雄。隨後，她去過的每個學校都會號召全體同學向她學習。

八

每年的新年，按例王秀珍要給陳俊、陳有為買新衣服。這年陳俊堅持不要新衣服，他想買一套小螢幕黑白電視機配套零件。他在「少年之家」學習做半導體收音機，他整天沉迷於《無線電》雜誌上的各種裝置的線路圖，有接受電視頻道的，甚至還有驅蚊器，說是有了這個東西，夏天就不用再買蚊香了。不過最後並沒有做成。

每天放學，陳俊就會去那家無線電商場看那套裝在塑膠袋裡的整套電視機零件，裡面裝有顯像管、高頻頭、變壓器、線路板、揚聲器和各種電晶體、電阻、電容等部件。他夢想著有一套這樣的零部件，這樣家裡也就有了一部電視機，而且還可以讓左右鄰舍羨慕。

「家裡前不久才買了一台縫紉機，這個月又買了一只高壓鍋，你爸爸馬上又要回來了，又要花錢，再說晚上有好的電視節目，你和弟弟可以去居委會或是媽媽的醫院裡去看，裝電視機的事以後再說吧。」王秀珍對陳俊說道。

陳俊聽了，只是悶悶不樂，他從來沒有和母親爭執過，他在家除了看好弟弟，還要做家務，弟弟只會調皮，又有新的小提琴拉，於是他抑制不住地說道：「弟弟換一把大的小提琴，就要花一百多元，而我要裝電視機也是這個價錢，為什麼就沒有錢？」

說著，他便哭了起來。王秀珍只得歎了口氣，說道：「你這孩子怎麼這麼不懂事，你看，弟弟常在家裡拉小提琴，就不會在外面和壞孩子玩了，那把琴也是因為他要參加表演才買的，媽媽每月存的貼花才十幾元，過年又快到了，過了年，你們都要交學費，等存夠了錢，再買電視機零件吧。」

陳俊聽了，也沒有辦法，只能強忍著。

「媽媽答應你的事，就會儘量做到，再說，你爸爸和我的工資都算不錯的，加起來也有一百五六十，一般人家還沒有我們這樣的收入，當然，我們比不上那些幹部家庭，我們的家底子差，什麼東西都要一點一點地買起來，你外公外婆活著的時候又都沒有收入，本來想等你長大參加工作後，每月多給他們一點錢。」

陳俊也沒有心事再聽下去，只是和陳有為一起下起了軍棋。

到了年初二那天，和往年一樣，陳有為隨著父母去舅舅家拜年。上午，陽光燦燦，許多上了年紀的人在大樓下的街邊打太極拳、聊天，小花園的鐵欄杆上掛著一排鳥籠，籠子裡都是些叫起來非常好聽的畫眉鳥。

路上的熟人看見他們一家子，熱情地和他們打招呼。

「孩子都長這麼大了，倆個孩子看上去都像你。」樓下叫電話的阿姨正迎面走來笑道。

「孩子們長大了，我們也就變老了。」王秀珍也笑道。

陳有為一個人先跑到了車站，在郵電俱樂部旁的空地上有許多人在圍觀，只見有幾個臂上戴著紅袖章的人站在那裡打量著過往的行人，如果發現有穿的褲子褲腳口做得太小或是太大，他們就會衝上去把他攔下，隨接就用手上的剪刀把那條褲子剪壞；如果有人的髮型是「長鬢腳」或是「螺螄頭」等什麼的，也會被拉去剃掉。

不一會兒，家裡人都到了車站，大人正談著陳有為舅舅的事。

「嫂嫂雖然病逝多年，振哥也一直有再婚的念頭，我問了幾個侄兒，他們都不願意振哥再討老婆。」王秀珍說道。

「這事不容易，無論是把別人娶回來還是住到人家家裡去，和孩子們很難相處。」陳剛說道。

「不過，我還是想為振哥物色一下。」王秀珍道。

「我們學校裡有個處長，她丈夫前幾年因心臟病死了，前些時有人給她介紹了一個部隊幹部，那女處長也願意交往，才見了幾次面，可她的兒女知道後，便一起鬧著反對，尤其是她女兒，哭死哭活地求她娘，口口聲聲說孩子都這麼大了，女兒也在戀愛，如果母親也要嫁人，做女兒的臉往哪兒放。只求母親不要再嫁，女兒一輩子陪伴母親。上了年歲的人，哪裡經得住兒女這樣苦求。」陳剛正說著，電車來了，他們便上了車。

陳有為一到舅舅家，見表姐正在做年飯，又說她父親在隔壁人家打牌，隨後她就去叫他了。

「過年也不在家息息，還要出去打牌。」王秀珍說道。

「嗨，都一樣，大家沒事就打打牌。」王振說著，又對陳俊、陳有為說道：「家裡有兩條大黃魚，特地等你們來了一起吃。」

「給你帶了些白木耳、人參，是他的一個學生從東北帶來的。」王秀珍拿出東西說道。

「我倒是很少吃補品，藥補不如食補，平時吃得好一點，夠營養就可以了。」王振道。

「今年老三、老四過年都不回來？」陳剛問道。

「都不回來，老三明年可能要調回來，本來他打算結婚的，結了婚就不能調回來，所以就不結了。老四想回來過年，來來去去要花錢，他們一天能掙多少，還不如雞生一顆蛋賣的錢多。」王振說著笑了起來，又道：「過去轟轟烈烈去了農村，現在又都想回來，沒有門路很難搞，他心情有不好，又常喝酒。」

「出去也是沒有辦法，那是他們中學畢業，全部下鄉去農村，是『一片紅』。」王秀珍說道。

「堂堂男子漢，不如老母雞。」陳剛歎道。
「你可不要這樣說，小心被打成『右派』。」王秀珍說道。
陳剛拿出牡丹牌香煙，便遞給了王振一支。
「不抽了，我戒了。」王振笑道。
「好煙嘛，又是過年。」陳剛也笑道。
王振接了煙，大家又閒聊了一陣，話題又轉到婚姻。王秀珍說道：「碰到合適的，我就幫你介紹。」又對陳剛笑道：「兒女要結婚了，他也想結婚。」
「結婚倒也不壞，只是兒女很難擺平。」陳剛道。
「我又不要靠他們，只有他們靠我，兩個去農村的兒子，哪一個不是我每月寄錢補貼他們。」王振笑道。
「正因為這樣，如果有了新伴，自家兒女要用錢，別人哪裡肯再拿出來。」王秀珍說道。
到了正午的時候，圓桌上擺滿了各色各樣的菜，大家圍坐在一起，吃著一年一度最豐盛的菜肴。

在回家的路上，王秀珍對陳有為說道：「有為，這學期結束你就要小學畢業了，為什麼不去看看鄒老師，給她也拜個年。」

「我明天上午就去。」陳有為說道。

「明天上午有客人來，初四再去吧，帶點花生、麻油，這些都是上海買不到的。」王秀珍道。

初四的上午，陳有為帶上王秀珍為他準備好的一袋東西，便去了鄒老師家。差不多有半年的時間沒有看見鄒老師了，陳有為在心裡覺得，除了鄒老師，其他老師的話都不必去聽。

陳有為下了公共汽車，一路走到鄒老師的家門口，先是她兒子看見了陳有為，便跑進去告訴他母親：「媽媽，是陳有為來了。」

鄒老師聽了，趕忙從裡面走了出來，見了陳有為便道：「你帶東西來幹什麼，叫你媽媽以後不要這個樣子，只要你時常想到鄒老師，我就很高心了。」

「我是常常想著鄒老師，現在在學校裡，我覺得我再也沒有什麼老師了。」陳有為說道。

「可別這樣想。」她又轉身向她的丈夫和孩子說道：「你們看陳有為有多懂事，鄒老師沒有看錯他，過去，林子明也來看我，可惜他犧牲了，我有時會夢見他，看見他救火的樣子……」

「算了，不去再提這個了。」她丈夫道。

「林子青現在變了許多，時常不聲不響，好像班裡沒有這個人一樣。」陳有為道。

「他本來就是不太喜歡說話，只是自己偷偷地玩皮，林子明雖然調皮，可對我感情很深，只是小學畢業以後，我再也管不到他了，他爸爸又常不在家，在社會上交了些不良朋友。後來林子軍又犯了法……」鄒老師歎道。

「林子明死了，雖然死得光榮，可他母親又失去了一個兒子，她又怎麼承受得了。」鄒老師的丈夫也歎道。

「是呀，他母親怎能經得住這樣沉重的兩次打擊，前不久我還在路上碰見了她，看見她王真不敢相信自己的眼睛，她變得又老又憔悴，見了我，沒開口先哭了起來，實在叫人心碎。」說著，鄒老師也紅了眼圈。

她丈夫講了些安慰的話，大家又一起吃年貨聊天。話題又轉到了王蘭萍身上，鄒老師有點不高心的樣子，說道：「如今她這樣紅，難道不是我從小對她的教育與培養？你是知道的，當初我讓她做班長，第一批加入了紅小兵，送她去少年宮接待外賓等等，在她身上我也花了不少心血，就是和鄒老師有過不去的地方，也不能這樣不講良心。」

一會兒，小明鬧著要和陳有為玩遊戲棒，他妹妹小菁也要一起玩，鄒老師便去做湯圓給他們吃。

待吃了湯圓，陳有為便要回家了，王秀珍關照他不要玩太久，過年大家都很忙。臨走前鄒老師又叮囑陳有為，進了中學以後，老師不會像小學那樣什麼都管，也很少做家庭訪問，所以自己要懂事才是，要聽母親的話，不要和外面的壞孩子玩。陳有為只是一一答應。

在小學的最後幾個月的時候，就有中學的體育老師到小學來挑運動員。鄭國榮被選入田徑隊，林子青被乒乓隊選中，而陳有為因為身高的原因被選入了五中的藍球隊。以前，陳有為一心想做劇團的首席小提琴手，不過他現在似乎更想做一名優秀運動員，以後還可以在部隊裡打球。

九

清早，一陣哀樂聲從窗外傳了進來，陳有為朦朦朧朧地醒來。此時，王秀珍正從菜場買菜回來，她一走進家門，脫下手套和圍巾，便驚訝而又悲哀地說道：「是周總理逝世了，國家的前途不知會怎麼樣？」

陳有為聽了，心裡一陣驚慌，他不知道將會發生什麼事，他只知道，這是無產階級革命事業的一個巨大損失，他也隱隱為中國紅色江山的前程擔憂。

這是一個不尋常的早晨，市民們都懷著悲傷和沉重的心情在街上討論著國家的前途和命運，因為他們心裡明白，毛主席也年事已高，周總理是他最得力的幫手。又經過了劉少奇和林彪事件，周總理就更顯得其地位的重要性了，他的突然離世，也意味著毛主席沒有了最可靠的繼承人，中國就不能像蘇聯的史達林那樣接列寧的班，這對於中國的無產階級革命事業乃至世界的革命事業都是一個不可估量的損失。

當陳有為走出家門的時候，北風嘯嘯地吹著，天色有些陰沉，每個人的心情都很沉重。廣播裡不斷地播放著哀樂，播音員用沉痛而悲哀的聲調向世人宣讀訃告。

接下來便是全民哀悼的日子，每天的報上、廣播裡不斷有世界各地發來的唁電、唁函。那些友好的社會主義國家都頌揚他是偉大的馬克思列寧主義者，傑出的共產主義戰士。人們個個臂帶黑紗，無論是學校、工廠、機關，大家都忙碌著做花圈和佈置追悼會現場。

那晚，電視直播向遺體告別，當靈車經過長安街時，幾十萬列隊送行的人群冒著風雪，無不動容地目送著經過他們眼前的靈車，人們情不自禁的嗚咽落淚，這淚水是對敬愛總理的愛戴，更是對幸福時光的追憶。在人們心目中，幸福的光陰總是離不開和令人敬仰的領袖在同一時代的生活。

遺體最終被放入火化爐中，當人們在電視螢幕上看到鄧穎超那依依不捨、悲慟的樣子在向遺體作最後道別的場景，所有的人都大哭起來。人們的願望是把遺體保留下來以供後人瞻仰，不過他的遺願是把自己的骨灰撒入江河之中。

悲傷的一月過去了，二月，吉林省落下了大隕石。到了七月，朱德委員長逝世。他曾是總司令，是軍隊的締造者之一。開國初期，他和毛澤東的畫像一起被人民懸掛。七月底，唐山發生了中國最大的地震災難，死傷近百萬人。全國立即進行了總動員，號召向災區捐贈財物，大批部隊和醫療隊開進災區，電臺又連連發表聲明，謝絕一切國際援助，作為一種自強的象徵。

到了小學畢業的時候，沒有拍一張集體照，也沒有什麼畢業典禮。只是陳有為在自己的課桌上用刀片刻上了「子子孫孫都將從這裡走出」這行字。不久，就有一男一女倆個中學輔導員帶著他們進入了第五中學。他們都是紅衛兵，那男的長得成熟英俊，女的雖然衣著樸素，卻長得很好看。他們雖然都是中學生，卻做起了為人師表的工作，令那些剛剛進校的學生把他們當作上一輩人看待，遇到什麼事都會向他們彙報。

事實上，輔導員常和班幹部一起展開工作。陳正是語文課代表，又是宣傳委員，而和他從小就有心結的歐陽蘋是宣傳幹事。那天放課後，輔導員帶著他們幾個在一起搞黑板報宣傳，稿子是陳正寫的，內容是批叛「右傾思想」，男輔導員在畫刊頭畫，歐陽蘋在謄寫文章，刊頭畫是兩個紅小兵緊握一支巨筆向代表反動思想的人物戳去。

「這畫上女生的鼻子怎麼就像一個人呢？」陳正故意說道。

「你說像誰的鼻子呀？」男輔導員對著歐陽蘋大笑起來。

歐陽蘋聽了，故作嗔怒，又借機多看了男輔導員幾眼，他也心照不宣地回看了她。

「你把這個女生的眼睛再畫的細一點，就更傳神了。」陳正又道。

接著，男輔導員又打量了一下歐陽蘋，隨後就畫起了眼睛。歐陽蘋見勢，就把桌上的墨水向他們潑去，那墨水一半潑到了男輔導員的頭髮上，另一半潑到了地上和陳正的身上。

他們先是「哇」地驚叫起來，然後便馬上衝到廁所間洗頭、擦衣。

待他們回到教室裡，歐陽蘋已經離開了，只有她的黑板報還沒有謄完，這樣，陳正只能把它繼續寫下去。

忽然，廣播聲響了起來：「全體師生請注意，全體師生請注意，今天下午四時有重要廣播，請大家注意收聽。」

他們聽了通知，繼續寫著黑板報。到了四點整，廣播聲又響了起來，只聽到廣播電臺的播音員用沉痛的聲調向全國的各族人民宣告：「中國人民的偉大領袖，國際無產階級的偉大導師，當代最偉大的馬克思列寧主義著，毛澤東同志不幸逝世。」

這突如其來的消息，讓所有的人都震驚了，全世界也為之感到震驚。全中國人民為失去自己敬愛的領袖而感到悲痛，他是領袖，也是人們心中的紅太陽，沒有了紅太陽，心中就沒有了依託。中國，再也沒有這樣令人發自內心的，對他無限忠於的領袖了。這種悲哀是難以言表的，因為在每個人的內心深處，都期望他能萬壽無疆。

在無比的悲痛之中，人們渴望著新領袖的來到，他必須是智慧的化生，他能引領全黨、全軍和全國人民繼續按照毛澤東思想的方針繼續前進。

為了萬世瞻仰，毛澤東的遺體被保留了下來，這也是全國各族人民的心願。在隆重的追悼大會之後，便在天安門廣場前建立毛主席紀念堂。

不久以後，街上的遊行隊伍敲鑼打鼓地擁戴華國鋒主席，他是毛主席親選的接班人。人們舉著毛澤東和他的標準像，慶祝國家又有了新領袖。

這年國慶日的慶典，在天安們城樓上，除了華國鋒主席外，最引人注目的是江青，她不斷地向廣場上參加遊行的人群揮手致意，親切地拍著手，一會兒向左，一會兒向右，一會兒向前，人們情緒高漲地向她歡呼著，彷彿她此時成了毛澤東的化身。

可就在幾天以後，以她為首的「反黨集團」被英明領袖逮捕了。接著，又是一個全國性的群眾運動轟轟烈烈地展開了。人們鑼鼓喧天地遊行慶賀，又是鋪天蓋地的宣傳畫、大字報，不斷地學習中央文件和開批判大會。陳有為從小學開始，沒有好好地讀過什麼書，就是這樣一場又一場的各種政治運動伴隨著他的成長……

獵海人

阿乙流浪記
——盛約翰中篇小說選

作　　者　盛約翰
出版策劃　獵海人
製作發行　獵海人
114 台北市內湖區瑞光路76巷69號2樓
電話：+886-2-2518-0207
傳真：+886-2-2518-0778
服務信箱：s.seahunter@gmail.com
展售門市　國家書店【松江門市】
10485 台北市中山區松江路209號1樓
電話：+886-2-2518-0207
三民書局【復北門市】
10476 台北市復興北路386號
電話：+886-2-2500-6600
三民書局【重南門市】
10045 台北市重慶南路一段61號
電話：+886-2-2361-7511
網路訂購　博客來網路書店：http://www.books.com.tw
三 民 網 路 書 店：http://www.m.sanmin.com.tw
金石堂網路書店：http://www.kingstone.com.tw
學思行網路書店：http://www.taaze.tw
法律顧問　毛國樑　律師

出版日期：2016年9月
定　　價：230元

國家圖書館出版品預行編目

阿乙流浪記：盛約翰中篇小說選 / 盛約翰著. -- 臺北市：
獵海人, 2016.09
面； 公分
BOD版
ISBN 978-986-93372-5-0(平裝)

857.63 105017975